El multiverso del terror: atrapados

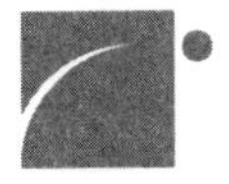

El multiverso del terror: atrapados

iTownGamePlay, Inuya Juega,
GG Games y Roblesdegracia

Rocaeditorial

Redacción de textos: Rubén Soto Vives
Ilustraciones: Joselyn Esquivel

Primera edición: mayo de 2023

Av. Marquès de l'Argentera 17, pral.
08003 Barcelona
actualidad@rocaeditorial.com
www.rocalibros.com

Impreso por EGEDSA
Printed in Spain – Impreso en España

ISBN: 978-84-19449-04-7
Depósito legal: B. 6902-2023

RE49047

1
Gabilia

La noche anterior había sido dura. Town iba a viajar dentro de poco a México para disfrutar de unas merecidas vacaciones y se había pasado toda la noche despierto, preparando los vídeos que sus suscriptores verían en su canal de YouTube mientras estaba fuera. Cuando por fin acabó, lo único que deseaba era acostarse. Grababa sus vídeos en casa, en su propia habitación, por lo que le era sencillo pasar de la silla de *youtuber* a su cama. Esa noche la notó más blandita que nunca, quizá fueran las sábanas nuevas que había comprado o quizás el cansancio que arrastraba de pasar toda la noche en vela; fuera como fuera, no tardó en dormirse.

Ding-dong. Ding-dong.

Alguien llamó al timbre de su casa, pero Town dormía profundamente.

Ding-dong, ding-dong, ding-dong.

—¿Quién será? ¿Y por qué insiste tanto? —murmuró Town mientras abría los ojos lentamente.

Ding-dong, ding-dong, ding-dong. El timbre siguió sonando.

—Ya voy, ya voy —gritó mientras cruzaba el largo pasillo que unía su habitación en un extremo de la casa con la puerta de salida al rellano, ubicada justo en el lado contrario.

Finalmente, llegó a la puerta, pero al abrirla no vio a nadie; el descansillo tan vacío y silencioso como siempre.

—¿Hola? —preguntó mientras miraba por las escaleras.

Nadie respondió.

—¿Hay alguien? —insistió, pero solo pudo oír el leve eco de su voz resonando por las paredes del edificio; si alguien había llamado a su puerta, ya no estaba allí.

—Quizá me lo haya imaginado —murmuró al tiempo que volvía al interior de su casa.

De repente, cuando la puerta ya estaba casi cerrada, un pie se interpuso entre esta y el marco.

—¡Aaaahh! —gritó Town, mientras retrocedía unos pasos, algo asustado.

Al pie que bloqueaba la puerta se le unió una mano que empezó a reabrir la entrada de la casa.

Poco a poco, Town vio a un tipo de mediana edad, debía de tener unos cuarenta años; llevaba una camisa blanca y una chaqueta azul. De su cuello colgaba una cuerda que ataba una identificación de Correos, y junto a él había un carro con varios paquetes y sobres.

—¿Vive aquí iTownGamePlay? —En boca de aquel cartero sonó como Itón Ganplai.

Town pasó del miedo a un ligero enfado; estaba acostumbrado a que no pronunciasen bien su nombre, pero es que ese tipo parecía esforzarse en hacerlo mal.

—Sí, soy yo —dijo con desdén.

—Perdón por haberte asustado, como vi que no abrías, fui a entregar otro paquete en el piso de abajo. Al oírte he subido, pero ya no soy tan rápido como cuando era joven. Tuve una lesión en la rodilla, ¿sabes? —se disculpó—. Tengo un paquete para ti... Si me firmas este papel.

Town no dijo nada, agarró un boli de la pequeña mesa que había junto a la puerta y escribió su nombre en el recibo.

El tipo guardó el papel y sacó del carro un paquete relativamente grande. Se podía coger fácilmente con las manos, pero parecía claro que no eran solo papeles.

—¿Quién me habrá enviado esto? —se preguntó Town mientras cerraba la puerta.

No había comprado nada por Internet en las últimas semanas y no esperaba que nadie le enviase nada por correo. Solo había una forma de salir de dudas: abrir la caja.

Como el paquete estaba bien precintado, fue a la cocina. Para ello, debía atravesar el salón comedor que quedaba a la izquierda de la puerta de entrada; al fondo había una cocina americana; cuando tenía invitados, podía cocinar sin dejar de hablar con ellos. Agarró un cuchillo y rompió las cintas del cartón. Miró dentro de la caja y lo primero que vio fue una hoja donde se podía leer «**corner toll**»;

parecía un logo de una empresa, pero él nunca había oído hablar de ellos.

—¿Cómo han podido conseguir mi dirección? —se preguntó.

Cogió el papel y le dio la vuelta. En la parte trasera vio un texto que explicaba que **corner toll** era una empresa tecnológica que hacía poco había empezado a producir periféricos para videojuegos. Habían conseguido su dirección de unos listados que ofrecía una empresa de *marketing* llamada MIM Future; le hacían llegar su último producto: un mando para videojuegos que permitía hacer la experiencia mucho más inmersiva; también le hacían llegar un videojuego de terror optimizado para sacar el máximo rendimiento al dispositivo.

Además, le invitaban a probar el dispositivo con otros tres *youtubers*. Para hacerlo, solo se tendría que conectar ese mismo día a las siete de la tarde en la sala cinco del modo multijugador con la contraseña «TEAM».

—Esto me descuadra un poco los vídeos que tengo programados —dijo Town en voz baja.

Volvió a leer la carta y se quedó dándole vueltas a eso de «una experiencia de juego mucho más inmersiva». ¿Qué podía ofrecer ese nuevo dispositivo?, se preguntó.

«Si he de jugar esta tarde, tengo que conectarlo al PC para ver si funciona», pensó.

Se levantó, agarró la caja y salió de la cocina para ir a su habitación. Cuando entró por la puerta, todo estaba oscuro, había salido tan rápido de la cama para poder abrir al cartero que no había tenido tiempo de descorrer las cortinas para dejar pasar la luz del exterior a través del gran ventanal que tenía su dormitorio. Fue hacia las cortinas y las separó; de repente, un gran haz de luz se coló con tanta fuerza que le cegó. Ya era mediodía y el sol brillaba en su máximo esplendor. Aún con los ojos deslumbrados por la luz, Town se dirigió a su *set-up*, se sentó en su silla *gamer*, apartó el teclado y el ratón de la mesa y puso encima de ella la caja que contenía el nuevo dispositivo y el videojuego que le había enviado **corner toll**.

La caja era considerablemente más pequeña que el paquete que la contenía.

—A ver este nuevo mando —murmuró Town mientras abría la caja y dejaba al descubierto dos dispositivos con una forma extraña: un mango alargado con un *joystick* en la parte delantera, un gatillo en la parte trasera y un arco de un grosor similar al mango que coronaba uno de los extremos de este, de donde salía una pequeña pantalla.

»Parecen dos picos, deben de haberse olvidado de enviarme una pala —bromeó para sí mismo.

Town agarró uno de los mandos para verlo mejor; era negro mate. En la parte inferior observó dos pequeños botones, en uno se podía leer la palabra «Batería» y en el otro «*On/off*». Town pulsó el primer botón y, de repente, se abrió un compartimento desde donde resbaló una pieza rectangular y gruesa que cayó en sus piernas; era la batería del controlador. Él la recogió y, antes de volverla a meter dentro del dispositivo, pudo observar la palabra «Gabilia» escrita en la parte superior.

«Deben de ser inalámbricos», pensó.

Pulsó el botón de *on/off* para ver si el mando estaba cargado; diversas partes empezaron a brillar. Se fijó en la pequeña pantalla de la parte superior: el fondo se volvió azul y progresivamente apareció el texto: «Iniciando dispositivo. 25 % de batería disponible». Rápidamente, apagó el mando. No quería que se agotase la energía y quedarse sin nada a mitad del *gameplay*.

En el frontal del arco que coronaba la parte superior del dispositivo, el negro mate pasaba a ser brillante. Town supuso que ahí se encontraba el emisor-receptor de señales que lo conectaría sin cables al ordenador, y en los extremos del arco vio unas hendiduras, que atribuyó a unos posibles altavoces integrados.

«¿Y cómo conecto yo esto? Falta algo, seguro», pensó Town, algo molesto.

La curiosidad se estaba convirtiendo en decepción conforme más miraba aquellos extraños «picos» que le tendrían que permitir jugar horas más tarde.

Dejó los mandos en un lado de la mesa y rebuscó en la caja. Debajo de donde habían estado los mandos, vio una memoria USB de forma triangular, con un texto impreso que decía «Receptor + juego preinstalado», y algo más abajo «Material promocional: prohibida su venta». Town estaba acostumbrado a que estos dispositivos fueran rectangulares, pero bueno, tampoco desentonaba. Lo conectó, observó que su ordenador detectó el USB y accedió a la carpeta del juego.

«Voy a dejarlo instalándose mientras duermo un poco más», pensó mientras clicaba en el archivo de instalación. Apagó la pantalla, se levantó y agarró su teléfono móvil, que se encontraba en un lado de la mesa.

—Voy a poner la alarma a las seis y media; creo que será suficiente —murmuró, al tiempo que manipulaba el reloj y corría las cortinas.

Tan pronto como la habitación quedó a oscuras, cerró la puerta, se acostó en la cama y se quedó dormido.

2

Una luz roja

—¡AAAAAAAAH! —gritó Town mientras se levantaba bruscamente.

Se quedó sentado en la cama. Se había despertado de golpe, asustado por algo que había pasado en sueños; pero, extrañamente, no recordaba qué era. Pero bueno, no solía acordarse de lo que soñaba.

Aún seguía respirando de forma acelerada cuando empezó a escuchar una suave música proveniente de su teléfono móvil; era la alarma que le avisaba de que solo quedaban treinta minutos para probar aquellos extraños dispositivos que **corner toll** le había enviado. Cerró los ojos un momento, mientras seguía sentado en su cama, y respiró. Respiró profundamente, intentando relajarse y borrar de su cabeza esa desconocida y mala sensación que le había hecho despertar.

—Tengo que prepararme ya o llegaré tarde a la grabación con los otros *youtubers* —se dijo en voz baja.

Se levantó de la cama, encendió los focos de luz que tenía delante de su mesa, que permanecían apagados desde la noche anterior, y fue a su *set-up*. Miró los mandos, que se encontraban en el mismo lugar donde los había dejado justo antes de ir a dormir, y encendió la pantalla. «Instalación completada, pulse para iniciar», pudo leer en cuanto el monitor empezó a funcionar.

«Creo que hoy jugaré a esto en directo, seguro que a los *animatowners* les gustará», pensó. *Animatowners* era el cariñoso apelativo que dedicaba a sus seguidores.

Abrió el programa que usaba para hacer vídeos en directo y programó la emisión para las siete de la tarde; colocó en un lateral de la pantalla el chat, que en ese momento se encontraba vacío, comprobó que el micro estuviera conectado y agarró de encima de la mesa los auriculares de botón y se los puso.

—Uy, casi se me olvida el gorro —murmuró mientras se lo colocaba en la cabeza y, haciendo un último repaso a que todo estuviera correctamente preparado, pulsó en «Iniciar».

La pantalla mostró una cinemática donde cuatro aventureros escapaban de una horda de seres deformes que los perseguían. Ellos corrían y corrían hasta llegar a una iglesia, donde se encerraban y bloqueaban la puerta. Luego, mientras se escuchaban golpes en la puerta de los enemigos que les querían atacar, se veía como uno de ellos preparaba unos explosivos junto a la puerta, mientras otro lograba levantar una trampilla ubicada en el suelo, junto al altar. Una vez que la tuvo completamente abierta, los cuatro saltaron dentro mientras detonaban los explosivos ubicados junto a la puerta. La explosión fundió la pantalla a negro, dejando ver el título del juego: EL MULTIVERSO DEL TERROR.

—No tiene mala pinta —dijo Town, sorprendido por la cinemática que acababa de ver—. Y los gráficos son muy buenos —añadió mientras buscaba en el menú el botón de multijugador.

Lo localizó rápidamente, pero, antes de acceder a este modo, se fijó en que en el menú principal había una advertencia: «No encienda los controladores hasta que lo indique el juego». Afortunadamente, Town tenía los mandos apagados, así que pulsó en el botón que le llevaría al multijugador y buscó la sala cinco. No le fue difícil encontrarla, pues era una de las primeras, pero observó que había cien.

«Deben de haber enviado un montón de copias para promocionarlo», pensó.

Una vez que pulsó en la sala, introdujo la contraseña «TEAM», tal como indicaba la carta que acompañaba el juego, y empezó a oír una conversación.

—Pues yo me centro en un solo juego de terror en mi canal, este lo subiré al secundario —dijo una voz.

—¡Ostras! ¿Y no es mucho rollo llevar dos canales? En el mío subo bastante variedad de videojuegos. Aunque cuando me engancho a uno, no puedo dejar de jugar; creo que tengo vídeos preparados hasta el año que viene —le respondió otra voz entre risas.

El chat de voz interno del juego estaba abierto y Town escuchaba lo que sus nuevos compañeros de juego estaban hablando.

—¿Hola? ¿Se me oye? —dijo Town.

—Ey, ¿qué tal? —dijo una de las voces.

—Buenaaaas —dijo la otra.

—Soy Town, es raro que en la carta no nos hayan dicho quiénes iban a ser nuestros compañeros —comentó entre risas.

—Hola, Town, yo soy Pepe, aunque en YouTube se me conoce como roblesdegracia —dijo la primera voz.

—¡Vaya! Justo antes de entrar estaba escuchando tus canciones. A mí me puedes llamar GG Games o GG, como prefieras —afirmó la segunda voz, prácticamente solapándose con la de Pepe.

—¿Ah, sí? —sonrió Town en su habitación.

—Además de los *gameplays*, lo que más me gusta hacer es música, y si es música de videojuegos, pues mejor —añadió Town.

—Pues solo falta que venga uno —dijo GG.

—Y llega tarde —continuó Pepe.

Town miró el reloj de su ordenador: Pepe tenía razón, ya eran las siete y cinco; detestaba la impuntualidad. Entonces, otra voz masculina entró en la sala del juego.

—¡Muuuuuuuuuuuuy buenas! —saludó el nuevo jugador.

—Madre mía, cuánta energía —dijo Town, algo sorprendido.

—Buenaaas —añadió GG.

—Disculpad, chicos, se me ha liado y no he podido conectarme antes. Estaba haciendo unas cosas de fuera de YouTube y..., bueno, que ya estoy a tope para lo que haga falta —dijo la voz; se le notaba acelerado, como si quisiera recuperar el tiempo perdido hablando más rápido de lo normal.

—No te preocupes, yo acabo de entrar y nos estábamos presentando —dijo Town.

—¿En la carta no ponía con quién íbamos a jugar? Yo, con las prisas, no he podido ni leerla entera, he conectado los «picos» estos y me he puesto a instalar el juego —dijo entre risas la voz del cuarto jugador, que aún no había revelado su identidad—. Me llamo Inuya; mi canal es «Inuya Juega» —añadió finalmente.

—Me suena ese nombre, creo que he visto algún *gameplay* tuyo —afirmó Town intentando recordar cómo se llamaba el vídeo.

—Seguro que es el de cómo conseguir el bote de pepinillos —se rio Inuya.

—Es posible —contestó Town.

Pepe y GG se presentaron y los cuatro estuvieron un rato charlando sobre lo extraños que eran los mandos que les habían enviado, la cinemática que salía nada más abrir el juego, o de lo raro que era que la empresa no les hubiese dicho con quién iban a jugar hasta entrar en la sala del multijugador.

—Chicos, dejemos de hablar y empecemos a jugar, que si no se nos hará muy tarde —dijo Pepe.

—Yo me he despertado a las seis y no voy a acostarme hasta las seis de la madrugada —le replicó GG.

—Pepe tiene razón; voy a abrir el directo; me silencio un segundo y empezamos —apuntó Town, que abrió la ventana del programa que usaba para hacer directos y pulsó en «Iniciar transmisión».

Cuando la aplicación le confirmó que la emisión ya estaba activa, hizo el saludo con el que empezaba siempre los vídeos:

—Hola a todos. Bienvenidos a iTownGamePlay, ¡vuestro canal de terror y diversióóóón! —dijo con una voz alegre mientras en un lateral de la pantalla sus seguidores inundaban el chat del directo con cientos de comentarios. Unos le devolvían el saludo, otros pedían que dijera su nombre, y un grupo igual de grande que los anteriores preguntaba cuál era el juego con el que iba a entretenerlos ese día.

Town hizo algunos saludos personalizados, era imposible hacerlo con todo el mundo que se lo pedía, y explicó que una empresa le había enviado un juego de terror junto a unos controladores que le garantizaban vivir una experiencia inolvidable.

Con el directo en perfecto funcionamiento, Town activó el micrófono dentro del juego para volver a hablar con sus nuevos compañeros.

—Ya estoy listo, chicos —dijo, buscando una respuesta que le confirmase que los otros tres *youtubers* le estaban escuchando.

La contestación no se hizo esperar, todos estaban preparados para iniciar el juego.

—Tenéis todos los mandos apagados, ¿verdad? —preguntó Pepe.

Las respuestas fueron afirmativas.

—Como es un prototipo, los mandos no deben de sincronizarse hasta que el juego no esté en acción —explicó GG.

Todos coincidieron en que esa indicación era un poco extraña, pero no quisieron perder más tiempo en debatir sobre las rarezas del juego y comenzaron la partida. Tan pronto como clicaron en «Empezar misión cooperativa», la pantalla de sus ordenadores se puso en negro y aparecieron unas letras blancas que indicaban que era el momento de encender los controladores, pulsando el botón *on/off* situado en la parte inferior del dispositivo. Town encendió los mandos, primero agarró uno, pulsó para encenderlo y, cuando vio la pantalla de este encenderse, hizo lo mismo con el segundo.

—Nos los han enviado descargados, me pone que la batería solo está al veinticinco por ciento —dijo Inuya.

—Yo estoy igual, y no me han incluido el cargador —comentó Pepe.

Mientras escuchaba hablar a sus compañeros, Town empezó a oír un zumbido; parecía el sonido que hace el ventilador de un ordenador cuando se calienta. No era gran cosa, pero le preocupaba que se colase en el audio del directo y molestase a la gente que le estaba viendo. Se quitó los cascos para observar de dónde venía y descubrió que salía de las hendiduras laterales de los mandos, esas que le recordaron a unos altavoces integrados la primera vez que las vio.

—Chicos, ¿a vosotros también os sale un zumbido del mando? —preguntó Town, con la duda de si solo le pasaba a él o era algo premeditado del propio juego.

—Yo estoy igual. Tal vez sea que, como es la primera vez que los encendemos, hemos de esperar un poco hasta que el dispositivo se caliente y funcione bien —respondió GG.

Todos tenían el mismo problema, pues Pepe e Inuya también compartieron que sus mandos emitían el mismo sonido.

—Chat, disculpad si estáis escuchando un zumbido extraño, son los nuevos mandos; espero que pronto dejen de hacerlo —dijo Town dirigiéndose a los seguidores que le estaban viendo.

En ese momento, se fijó en el lateral de la pantalla donde podía leer a sus espectadores. La letra F inundó los comentarios que los *animatowners* hacían en el chat del directo; otros fueron más explícitos diciendo «no se escucha ni se ve nada». Aunque él no podía verlo, estaba claro que ya no estaba en directo.

—¿Se ha caído Internet? —se preguntó para sí mismo Town, algo nervioso, pues no sabía qué podía estar pasando.

—Yo te escucho, sigues teniendo conexión —respondió Inuya.

—A mí también se me ha caído el directo; estoy

intentando reconectarme, pero me dice que estoy sin conexión —intervino GG, cosa que generó un gran desconcierto entre los cuatro, pues nadie sabía qué podía estar pasando.

Intentaron buscar algo en Internet, fuera lo que fuese, pero parecía que todos estaban sin conexión.

—No tiene sentido, si no estamos conectados a Internet, ¿cómo puede ser que estemos escuchándonos? —preguntó Pepe.

La pregunta los dejó mudos a todos; era imposible hablar sin Internet, pero, aun así, estaba ocurriendo. Pasó un minuto hasta que GG rompió el silencio.

—¡No puede ser! Me está pasando algo muy raro —dijo con una voz que denotaba cierto miedo.

—¿Qué ocurre? —preguntó Inuya.

—Creo que estoy sufriendo una alucinación... Debe de ser algo que he comido o qué sé yo..., pero es que, cuando miro por la ventana de mi habitación, solo veo una casa negra. ¡¡¡Toda la ciudad ha desaparecido!!! —gritó GG, aparentemente cada vez más desesperado.

—Pero ¿qué dices? Va, deja de trolearnos, que tenemos que grabar el *gameplay* —respondió Inuya con despreocupación.

—No creo que sea un troleo..., yo también puedo verla. —La seriedad con la que Pepe había hablado cayó como una losa de piedra sobre los cuatro *youtubers*.

Town seguía en silencio. Aquello era más que

raro: si alguien se lo hubiera contado, no se lo hubiese creído. Lo que había empezado como una tarde probando un nuevo juego se estaba convirtiendo en algo que no le gustaba un pelo. Sin decir una palabra y mientras escuchaba cómo sus tres compañeros afirmaban que podían ver a través de las ventanas una misteriosa casa negra, Town se quitó los auriculares, se levantó de la silla y fue hacia los ventanales de su habitación, apartó las cortinas, que seguían cerradas, y lo vio: la ciudad donde vivía había desaparecido; no había edificios, ni coches, ni personas, solo una gran llanura sin apenas plantas o árboles. La visión de tierra yerma se extendía hasta donde le alcanzaba la vista, y la podía ver muy bien, ya que había pasado de ver las cosas a cierta altura, desde el piso ubicado dentro de un alto edificio, a estar a ras de suelo como si se tratase de una casa unifamiliar. El único elemento que rompía con la monotonía de la tierra infértil era, en la lejanía, una casa. Parecía de madera de color oscuro y tenía una única planta, pues no era muy alta; estaba rematada por un tejado en forma de pico. Recordaba a una cabaña de montaña, de las que había visto cuando iba de vacaciones a Andorra. La casa acaparaba toda su atención; lo más llamativo era que, en la parte más alta del tejado, cerca del centro de la cabaña y donde se unían las dos vertientes que lo formaban, había una luz roja que brillaba de forma constante y con una gran potencia. Town se quedó en *shock*: ¿qué estaba pasando?, ¿y desde cuándo?, ¿y por qué?

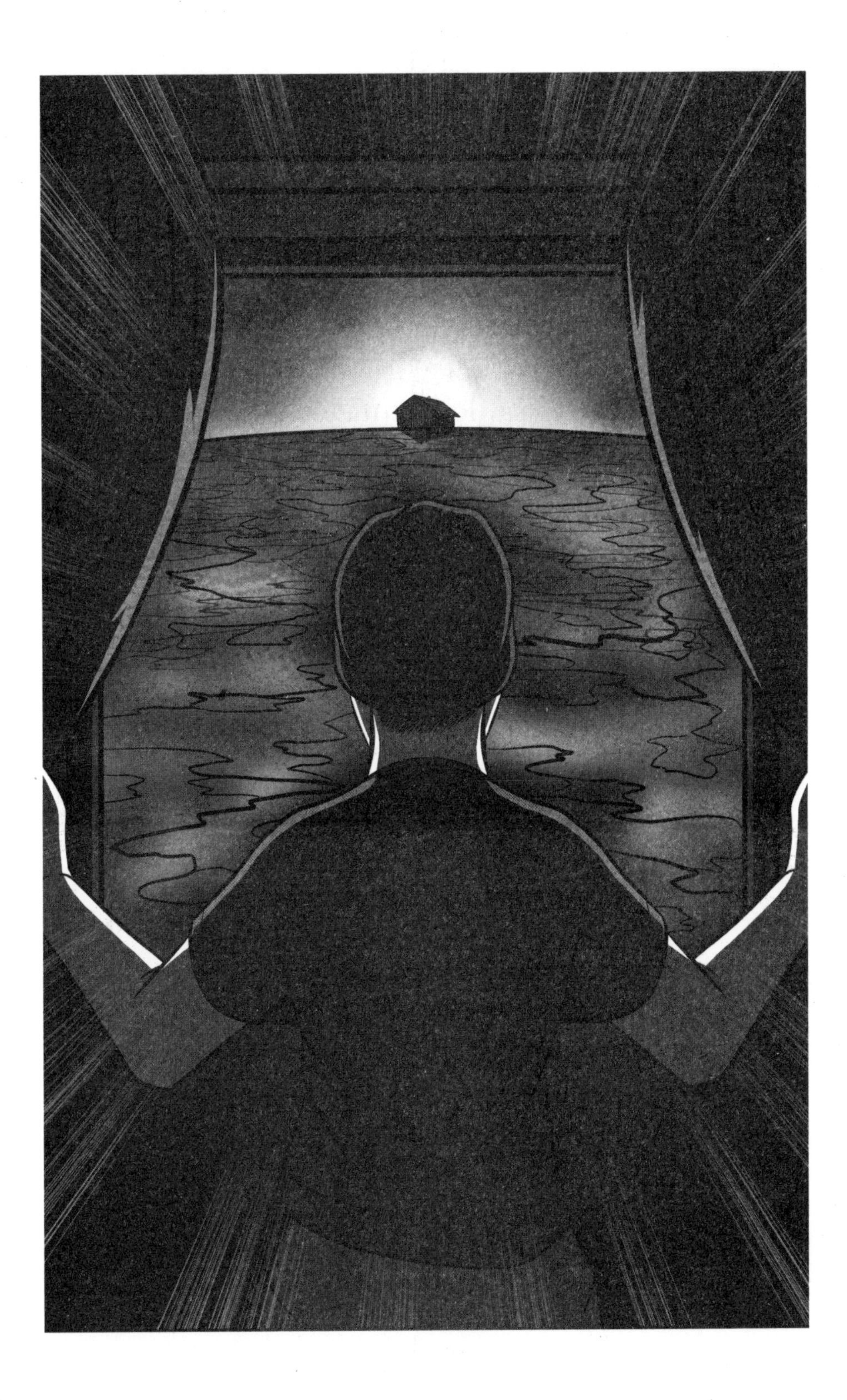

Con el corazón a mil, volvió a su mesa. Al menos su habitación seguía siendo como hacía unas horas. Se puso los cascos y dijo en un tono intranquilo:

—Chicos, yo también veo la casa —confirmó, sin saber muy bien qué hacer.

—Sé que es difícil creerlo, pero la única explicación lógica es que nos hemos teletransportado a algún lugar —dijo Inuya intentando sonar serio.

—¡Eso es imposible! —respondió Pepe—. ¡Eso no existe!

—¿Y cómo explicas lo que estamos viendo? —preguntó Inuya con cierta chulería.

No hubo respuesta.

—Todos vemos la misma casa, ¿verdad? Yo la veo negra, con tejado inclinado y una luz roja arriba del todo —preguntó GG para romper el silencio.

Todos asintieron.

—Deberíamos ir, quizás allí encontremos respuestas a lo que está pasando —continuó GG.

—No sé si es buena idea: desconocemos lo que hay ahí fuera, podemos encontrar peligros para los que no estamos preparados —explicó Town con un tono que oscilaba entre el miedo y la intranquilidad.

—No creo que nos quede alternativa, no sabemos cuánto tiempo durará lo que sea que nos permite hablar entre nosotros, y está claro que juntos podremos ser más eficientes que separados. Yo estoy con GG, vayamos a la casa —afirmó Inuya, cuya voz, a diferencia de la de los demás, no dejaba ver preocupación; casi era como un aventurero ante un nuevo desafío.

Pepe y Town siguieron expresando sus dudas sobre salir de las habitaciones donde se encontraban, pero, tras unos minutos, aún sin estar del todo convencidos, acabaron aceptando la propuesta de GG.

—De todas formas, hasta que vayamos a la casa, no podremos comunicarnos. Dejad los ordenadores abiertos: en caso de que tengamos problemas, podremos volver aquí y seguir hablando entre nosotros —dijo Pepe.

Era una buena idea: todos estuvieron de acuerdo.

Los cuatro se despidieron. Town dejó los cascos sobre la mesa, fue al armario que había junto a la puerta de su habitación, aún cerrada, y se cambió el pijama por una camisa de botones granate que acompañó con una chaqueta azul de cremallera con dos bolsillos a la altura del pecho. Sustituyó los pantalones de pijama por unos vaqueros y se calzó unas zapatillas oscuras. Una vez vestido, miró por última vez su habitación, dispuesto a abrir la puerta para recorrer el camino que lo separaba de aquella misteriosa casa de la luz roja.

3

Las cuatro llaves

Town agarró el pomo de la puerta de su habitación con la mano derecha, le dio media vuelta y tiró de él.

La puerta se abrió lentamente, dejando ver una basta superficie árida; parecía que no había caído una gota de agua desde hacía años y que la sequía había plagado el suelo de cicatrices formadas por tierra seca acumulada.

Cuando Town volvió a ver el paisaje, un escalofrío le recorrió el cuerpo; dudó si estaba despierto o si era todo una pesadilla, pero antes de darle más vueltas a esa idea reaccionó.

—Debo ponerme en marcha, no queda mucho para que anochezca —dijo mirando al cielo, donde el sol estaba relativamente bajo.

Cerró la puerta del cuarto y rodeó la pequeña construcción en la que se había transformado su habitación. Mientras caminaba junto a su casa, Town observó que no había nada ni nadie a su alrededor; al no haber árboles, podía ver perfectamente todo lo que había en las inmediaciones. Estaba completamente solo.

Únicamente aquella misteriosa casa negra rompía la monotonía del paisaje. El camino que iba a llevarlo a la casa no iba a ser corto.

—Vaya, está muy lejos —se dijo—. Me puede llevar una hora llegar hasta allí.

Empezó a caminar en línea recta. Durante el trayecto miraba en todas direcciones, intentando ver a alguno de sus compañeros o alguna construcción que pudiera darle alguna pista de dónde estaba, pero apenas se podía ver nada más allá de la casa. En la lejanía había una especie de niebla marrón que desdibujaba el horizonte. Tras caminar sesenta minutos que se le hicieron eternos, se plantó a pocos metros de la casa. Era una construcción imponente, de unos cinco metros de altura. La madera era de color carbón, el negro más oscuro que había visto en su vida; por su parte, la luz roja de la cúspide era tan potente que teñía el suelo del mismo color.

—Ugh, parece que la tierra esté manchada de sangre —dijo en voz alta mientras miraba hacia abajo.

—Tienes razón, este sitio me da muy mal rollo —respondió una voz a su espalda.

Town levantó la cabeza bruscamente, asustado por escuchar a alguien en aquel silencio. Se giró y vio a un hombre que rondaría los treinta años, con el pelo muy corto, casi rapado, con barba de un par de días y vestido con una camiseta blanca y unos vaqueros.

—Soy Pepe, perdona si te he asustado —dijo a apenas unos metros de Town.

—No has sido tú, es que este lugar no me gusta nada... Todo tan seco, tan solitario... —respondió Town—. Por lo menos podemos ponernos cara, yo soy Town —continuó.

—Tienes razón, ¿quieres que esperemos a los otros dos dentro de la casa? He visto que la puerta está abierta. No me gusta estar aquí fuera y menos de noche —dijo Pepe, serio.

Town estuvo de acuerdo.

Mientras bordeaban la casa para llegar a la entrada, escucharon una voz.

—¡Chicoooooooos! —gritó alguien muy joven a unos cien metros de la casa.

—¿Será Inuya? —preguntó Town.

—O quizá sea GG Games —le contestó Pepe, mientras observaba que un joven de pelo corto y oscuro se acercaba hacia ellos.

—¿Eres GG? —preguntó Pepe cuando el chico llegó junto a la casa.

—Sí, estaba lejísimos este sitio. No estoy acostumbrado a caminar tanto —respondió, mientras respiraba algo acelerado.

—Ha sido un paseíto bastante bueno, y así quemamos calorías —dijo entre risas una cuarta voz desde una de las esquinas más alejadas de la casa.

Todos se giraron al escucharla; vieron a un chico con barba espesa, vestido con una sudadera granate, pantalones vaqueros y botas negras. En su cabeza llevaba una boina de estilo militar granate que intentaba esconder un cabello negro y largo que se le escapaba por la nuca.

—No era un *clickbait* cuando decían que este juego iba a ser muy realista. Por cierto, soy Inuya —añadió mientras dejaba entrever una sonrisa en su cara.

—¿Se puede saber por qué estás tan contento? Estamos atrapados en un lugar desconocido y no sabemos ni cómo hemos llegado. No creo que sea momento para ir hablando tan alegre —le reprochó Pepe, que no pudo disimular cierta rabia.

—Tranquilo, Pepe, no creo que sea una buena idea empezar a pelearnos entre nosotros —dijo Town, tratando de calmar el ambiente.

—Tienes razón, es que no me gusta nada todo esto y quiero poder salir de este lugar cuanto antes —se disculpó.

—Yo esto lo veo como una nueva aventura. Si el destino nos ha traído hasta aquí, ha de ser por un motivo. No te preocupes, Pepe, algo me dice que saldremos de esta —dijo Inuya.

—Chicos, ¿y GG? —preguntó Town.

Mientras Inuya y Pepe se peleaban, GG había aprovechado para entrar en la casa sin que el resto de sus compañeros se diese cuenta.

—¡He encontrado un botón! —gritó desde el interior.

Los tres chicos que se encontraban junto a la puerta entraron rápidamente para ver lo que GG había hallado. Una vez dentro, una luz de techo iluminaba una mesa colocada junto a la pared del fondo de la estancia; en ella había un botón rojo protegido por una caja transparente anclada a la mesa por cuatro cerraduras, una en cada esquina.

—Esto es importante, mirad lo que hay escrito —dijo GG señalando la superficie circular del botón.

Todos se acercaron para verlo con detalle. El interruptor tenía escrita la palabra «Salida».

—Puede que, si lo pulsamos, podamos salir de aquí —añadió GG ilusionado por su descubrimiento.

—Es imposible que sea tan fácil. Además, no podemos, está protegido por esa caja transparente de... ¿plástico? —dijo Pepe.

—Pues la rompemos; ya ves tú qué problema —replicó Inuya mientras buscaba con la mirada algún objeto contundente.

—No creo que debamos hacer eso, si rompemos algo es posible que nos pase alguna desgracia... Será mejor que encontremos la forma de abrir las cerraduras —dijo Town con un tono serio.

Empezaron a buscar algún tipo de llave o ganzúa por la única habitación de la casa; había algunas cajoneras, unas sillas, cajas y mucho polvo. No parecía que nadie hubiese vivido allí desde hacía años.

Mientras removían objetos con la esperanza de encontrar algo que resultase útil, Pepe volvió a fijarse en el botón y observó que de él, y de forma muy disimulada, salía un pequeño tubo de cables hacia la pared. Lo siguió y descubrió que bajaban hasta los rodapiés, junto a la mesa; luego recorrían las paredes de la casa hasta prácticamente la zona de la habitación opuesta al botón. Una vez allí se metían por el suelo y se perdían bajo una alfombra grande y descolorida.

—Ayudadme a mover esta alfombra —dijo Pepe mientras tiraba de uno de los lados.

Rápidamente, Town y GG agarraron la alfombra; entre los tres la apartaron y dejaron al descubierto una trampilla de la misma madera negra que había por toda la casa.

—Los cables del botón llegan hasta esta trampilla —dijo Pepe tirando de la agarradera para poder levantarla; sin embargo, no logró moverla: estaba bloqueada.

—Solo la vamos a poder abrir pulsando el botón… —dijo Town, algo frustrado.

Mientras Pepe seguía intentando abrir la trampilla, vio a Inuya al fondo de la estancia, sentado en la mesa junto al botón y sosteniendo un papel de grandes dimensiones entre sus manos.

—No nos ayudes, ¿eh?, Inuya. Tú tranquilo ahí, que nosotros ya te abrimos la salida —gritó Pepe con un tono irónico.

Inuya levantó la mirada y vio al grupo junto a la trampilla.

—Creo que he encontrado algo —afirmó, sonriente.

Volvieron a acercarse a la mesa y miraron el documento que había sobre esta. Era un mapa con un dibujo muy detallado de la casa, que estaba situada en el centro con el dibujo de cuatro candados a su alrededor. Dispersos por el mapa, se encontraban también cuatro dibujos de una llave.

—Esto es lo que necesitamos para poder abrir la caja que protege el botón y salir de aquí —dijo Inuya, entusiasmado.

—Podría ser una trampa —afirmó Town.

—No creo que tengamos otra opción. Hemos de conseguir las llaves como sea y salir de aquí —le replicó GG.

Tras unos momentos de dudas, todos concluyeron que sí: debían ir a buscar las llaves; solo tenía que decidir hacia cuál de ellas se dirigirían primero.

—¿Os habéis fijado en que el mapa no tiene puntos cardinales ni ninguna referencia más allá de esta casa? ¿Cómo sabremos que vamos en la buena dirección? —preguntó Pepe.

—Tengo una idea —dijo Inuya mientras se levantaba de la mesa y de un brinco se ponía de pie—. El sol se acaba de poner por allí, por lo que sabemos dónde está el oeste —afirmó extendiendo su brazo izquierdo en aquella dirección, que coincidía con la puerta de entrada a la casa—. Por tanto, sale por ese lado, así que ahí está el este —continuó con el brazo derecho en la dirección contraria—. Delante de mí está el norte; y detrás, el sur —añadió, mientras el resto de sus compañeros lo miraban en silencio.

—¿Y eso en qué nos ayuda para poder ubicar dónde están las llaves? —le replicó GG.

—La casa en el mapa está muy bien dibuja-

da, y podemos distinguir la zona donde queda la puerta de la parte trasera, por lo que podemos trazar una línea recta entre la casa y la llave y saber entre qué puntos cardinales nos estamos moviendo. Si durante el camino nos perdemos o tenemos alguna duda de dónde estamos, podemos guiarnos por el sol con este truco que os he contado y saber si vamos en la buena dirección —respondió Inuya.

Todos estuvieron de acuerdo.

—Supongo que deberíamos empezar yendo a este punto —sugirió Town señalando una de las llaves en el mapa—. Es el lugar que está dibujado más cerca de la casa —añadió mientras Inuya empezaba a tomar referencias.

—Eso es hacia el noroeste; si seguimos aquella esquina de la casa todo recto, tendríamos que llegar…, más o menos —expresó Inuya con una leve duda.

—De acuerdo, pero no creo que debamos salir de noche y menos en un lugar que no conocemos —intervino Pepe, rotundo.

—Tienes razón, es mejor que esperemos a mañana —le apoyó Town.

—Si nos quedamos a dormir aquí, deberíamos hacer guardias: mientras dos duermen, que los otros dos permanezcan despiertos vigilando, por si pasara algo —sugirió Inuya, como si se uniera a la seriedad del momento.

Los cuatro concluyeron que eso sería lo más

conveniente. Así pues, cuando la noche cayó, Inuya y GG se quedaron despiertos para completar la primera guardia. Al tiempo, Town y Pepe intentaban conciliar el sueño, cosa que les fue prácticamente imposible, teniendo en cuenta que en aquella casa no había camas, ni almohadas, ni ningún otro objeto que los separase de los tablones de madera oscura del suelo de la habitación. Además, sus mentes estaban aceleradas, las preguntas no paraban de repetirse en bucle: «¿por qué estamos aquí?, ¿quién nos ha hecho esto?». Obviamente no podían obtener respuesta. Cuando por fin lograron dormirse, una voz los despertó.

—Eh, chicos, despertad. Es vuestro turno —escucharon decir a GG, mientras abrían lentamente los ojos.

—Ahora nos toca descansar a nosotros, mañana será un día largo —añadió Inuya, mientras se tumbaba en el suelo y se quitaba la boina para usarla como almohada.

—A mí ya se me está haciendo largo y aún no hemos empezado —murmuró Pepe con una cara que no dejaba lugar a dudas de que apenas había podido descansar.

Durante la noche siguieron alternando las guardias, atentos a que ningún extraño pudiera acercarse a ellos. Y la verdad es que parecía que no había ni un alma en kilómetros a la redonda. Todo era silencio: ni un pájaro, ni grillos, nada. El silencio apenas se veía roto, de vez en cuando, por una ráfaga de aire que azotaba los tablones de madera de aquella casa.

4

Pizzas Alfredo

Al día siguiente, los rayos de sol entraron por las ventanas del oscuro edificio; como no había persianas ni cortinas, la luz impactó directamente sobre los ojos de los chicos que seguían durmiendo y que se retorcieron intentando ocultarse de ella.

—Ya ha salido el sol, debemos ponernos en marcha. Quiero irme de este lugar cuanto antes —dijo Town, resolutivo, mientras GG e Inuya empezaban a abrir los ojos con cierto esfuerzo.

—La llave más cercana es esta —afirmó Pepe, señalando con el índice un punto en concreto del mapa.

—Como calculamos ayer, deberíamos dirigirnos al noroeste —añadió.

—Eso es por allí, ¿verdad, Inuya? —preguntó Town mientras miraba cómo su compañero se incorporaba y sacudía su boina granate antes de ponérsela de nuevo.

—Sí, hemos de caminar en esa dirección; si nos perdemos o no sabemos continuar y queremos volver aquí, solo tendremos que retroceder hacia el sureste —respondió Inuya mientras se acercaba a la mesa para doblar el mapa lo suficiente como para poder guardárselo en un bolsillo.

Los cuatro caminaron en silencio hacia el lugar que marcaba el mapa, juntos, pero dejando algunos metros de espacio entre sí. Todo era tan silencioso como la noche anterior, y el paisaje igual de monótono que el que había alrededor de la casa; tierra seca y agrietada.

Cuando llevaban algo más de una hora caminando, Pepe rompió el silencio:

—¿Y si nos hemos equivocado? Aún no se ve nada —expresó con cierta frustración.

—Si el mapa no está equivocado, hemos de encontrar algún lugar, o alguna pista —replicó Inuya.

—Pero ¿cuánto más tendremos que ir en línea recta hasta encontrar algo? —preguntó Town, que compartía la misma sensación que Pepe.

La pregunta cayó como un jarro de agua fría, pues nadie sabía cuánto quedaba; además, desconocían hasta qué punto el mapa era fiable…, y la falta de sueño empezaba a mellar la moral del grupo.

Siguieron avanzando sin hablar, mirando a su alrededor con la esperanza de encontrar algo que rompiese la uniformidad del paisaje; sin embargo, la niebla marrón en la lejanía les impedía ver si en el horizonte había montañas o restos de civilización.

—¡¡Chicos!! —gritó GG haciendo que se girasen todos sus compañeros.

—¡Allí! ¡Hay algo allí! —continuó gritando mientras señalaba un punto en la niebla en el que se podía intuir la silueta de un edificio.

—Uff, yo no veo nada, pero tampoco veo muy bien de lejos, así que… —dejó caer Inuya con una media sonrisa.

—¡Es verdad! Parece un edificio —exclamó Town.

Aquel descubrimiento llenó de energía a los cuatro *youtubers*, que empezaron a caminar rápidamente hacia aquella silueta en el horizonte, que cada vez resultaba más clara. Era un edificio muy amplio, pero con solo una altura. Los muros parecían pintados de color crema combinado con marrón en los marcos de las cuatro ventanas que se podían observar desde la parte frontal. En el centro del edificio había una gran puerta doble hecha de aluminio en la parte exterior y con un rectángulo de vidrio vertical en el centro. Junto a la puerta, en la parte superior de esta, se podía ver un cartel de una enorme pizza con pepperoni junto a unas letras en las que ponía: «PIZZAS ALFREDO».

El grupo se fue acercando más y más hacia el edificio, el único que se podía ver hasta donde alcanzaba la vista. Cuando estaban a poco más de un kilómetro de su destino, se fijaron en que el suelo de tierra daba paso al asfalto gris, el mismo que se usa en las carreteras de pueblos y ciudades. Lejos de extrañarles, los llenó de motivación: estaba claro que iban en la dirección correcta, hacia algo cercano a la civilización, y que quizá podrían encontrar a alguien que les explicara qué estaba pasando.

Cuando se acercaron más al edificio, vieron que todo estaba cubierto por una espesa capa de polvo. GG y Pepe intentaron mirar por la ventana, para ver el interior, pero no vislumbraron nada, pues las telarañas tapaban los pocos huecos que la suciedad había dejado libres. Como no podían saber qué había dentro, GG se dispuso a abrir.

—¡Espera! No sabemos si es seguro —dijo Pepe, intentando detener a GG, pero no hizo falta, la ventana estaba cerrada.

—Podríamos ir a ver si la puerta principal está abierta —le dijo Inuya a Town mientras sus compañeros, unos metros más adelante, seguían intentando encontrar algún espacio por el que mirar a través de la ventana.

—Tengamos mucho cuidado —le respondió este, camino ya de la pizzería.

La entrada era inmensa, mucho más de lo que les había parecido desde lejos. Cada puerta debía de tener unos tres metros de altura por dos de ancho, cosa que los dejó tan asombrados que pasaron unos segundos mirando hacia arriba, contemplando la grandiosidad de una puerta en ruinas, tan sucia como las ventanas y con el metal desgastado.

Inuya agarró el tirador de la puerta y empujó suavemente. Nada se movió. A continuación, intentó tirar hacia él, pero con el mismo resultado. Entonces empezó a empujar y a tirar cada vez con más fuerza, montando un gran estruendo, pero sin conseguir que la puerta se abriera.

—Inuya, tranquilo, dijimos que íbamos a tener cuidado —dijo Town intentando que su compañero parase de zarandear la puerta.

—Tienes razón, pero debemos entrar sea como sea. Ahí está la llave, lo dice el mapa —le replicó Inuya mientras soltaba el asa.

Volvieron a observar la puerta cuando, de repente, Town se agachó y se acercó a la parte inferior hasta pegar su cara contra el cristal.

—Puedo ver algo —anunció—. Parece un pasillo con puertas a los lados, pero todo está muy oscuro —añadió mientras se separaba del cristal.

—¿Por qué estáis haciendo tanto ruido? Si hay algo malo ahí dentro seguro que lo habéis puesto sobre aviso —exclamó Pepe acercándose a la puerta junto a GG.

—Perdona..., quería abrir la puerta y... —se disculpó Inuya.

—Hemos podido ver lo que hay dentro, parece un lugar lleno de habitaciones —interrumpió Town.

Los cuatro se acercaron por turnos al lugar donde se podía ver el interior de la pizzería, pero como no podían entrar decidieron rodear el edificio en grupos de dos en busca de otra posible entrada. El esfuerzo fue en balde: no había ventanas ni puertas en ninguna otra parte de la construcción, sin duda era una de las pizzerías más extrañas que habían visto nunca.

—¿Y si rompemos el vidrio de la puerta? —propuso Inuya.

—¿Estás loco? No sabes qué puede haber ahí dentro —le reprochó Pepe.

—A mí no me parece tan mala idea —dijo GG.

—Es verdad..., no es que la idea me encante, pero si queremos entrar no nos queda otra —añadió Town, que dudaba sobre las consecuencias que podría acarrear el plan.

—Estáis locos... —murmuró Pepe, con desaprobación.

En ese momento, y ante la mirada de sus compañeros, Inuya se tumbó boca arriba en el suelo, encogió las piernas y lanzó una fuerte patada con la suela de su bota derecha contra un lateral del vidrio de la puerta. El marco tembló, pero no logró atravesarlo. El chico de la boina granate lo volvió a intentar con todas sus fuerzas, y esta vez se oyó un estallido, acompañado de una lluvia de cristales mezclados con polvo. La patada había conseguido atravesar la puerta.

—¡Vamooos! —se alegró GG.

Inuya se incorporó con una sonrisa y la pernera derecha de su pantalón rasgada.

—¿Estás bien? —preguntó Town mirando el vaquero roto.

—¡De locos! Ahora ya podemos entrar —exclamó Inuya, aún con la misma sonrisa.

Los cuatro se dispusieron a entrar en la pizzería atravesando el espacio que antes ocupaba el cristal. Entraron de uno en uno, despacio, con cuidado para no clavarse los cristales rotos que aún había adheridos al metal.

Una vez dentro, el paisaje resultaba aterrador:

un largo pasillo se perdía entre la oscuridad, las paredes estaban recubiertas de azulejos con cuadrados blancos y negros, a modo de ajedrez, con dos puertas a cada lado, y el suelo de madera estaba podrido y completamente sucio.

La escena los impactó considerablemente, pero cuando un ruido, como el latido de un corazón, empezó a sonar intermitentemente, no les quedó otra que reaccionar. En apenas un par de segundos, el sonido se volvió más intenso; era como si algo pesado y metálico se estuviese acercando a ellos, cada vez más velozmente.

Aún inmóviles, intentando asimilar todo lo que estaba pasando, vieron que dos luces rojas desde el fondo del pasillo brillaban en la oscuridad, a unos dos metros del suelo; acompañadas por el ruido, se hacían cada vez más y más grandes.

Ninguno tuvo tiempo de pensar un plan, sus cuerpos reaccionaron de forma simultánea sin que ellos fueran conscientes de lo que hacían. Corrieron hacia la primera puerta que vieron, entraron rápidamente y cerraron de un portazo. Todo estaba oscuro, la poca luz que atravesaba las ventanas apenas les permitía distinguir los objetos de la sala. Inuya y GG se quedaron haciendo fuerza contra la puerta mientras Pepe y Town agarraron una mesa polvorienta y agrietada y la pusieron junto a la puerta para bloquear el paso. El sonido de pasos metálicos golpeando el suelo del edificio sonó tan alto que hizo temblar la mesa que los protegía de lo que fuese que estaba causando ese ruido; lo tenían justo al otro lado de la puerta.

Súbitamente, el ruido paró, todo se quedó en silencio por unos segundos, pero la calma no duró mucho. El sonido metálico volvió a hacer temblar la habitación, pero cada vez menos. Aquello que lo causaba se estaba alejando del cuarto donde se habían encerrado.

—¡¡¡Maldita sea!!! ¡¡¡¿Qué habéis hecho?!!! —gritó una voz que parecía la de GG.

—Shhh... No hagas ruido, GG, no sabemos si alguien nos puede oír —susurró Town.

—Pero si yo no he dicho nada —se quejó GG.

No había acabado GG de hablar cuando las luces de la habitación se encendieron y dejaron ver una gran estancia. En una de las paredes, justo en el lado opuesto a las ventanas, había una decena de televisores que se encendieron simultáneamente y que emitían imágenes fijas de lo que alguna vez fue la pizzería; se podía ver el pasillo donde hacía unos minutos habían estado, la cocina, las salas de cumpleaños, el comedor... Eran los monitores de las cámaras de seguridad. Al lado había un ordenador que los controlaba, y a su lado, de pie, un chico joven de pelo corto y oscuro que parecía un clon de GG..., si no fuera por su ropa, sucia y desgastada.

5

La habitación secreta

—¿Qué está pasando aquí? —preguntó Pepe mientras miraba con incredulidad a los dos GG.

—No puede ser, creo que hemos empezado a tener alucinaciones —apuntó Town mientras se frotaba los ojos con la esperanza de que desapareciese la copia de su compañero.

—Eso os lo tendría que preguntar yo. ¿Qué demonios hacéis aquí? Los robots que hay en esta pizzería son extremadamente peligrosos y atacarán a cualquier ser vivo que vean —les dijo el chico que se parecía a GG—. Y, creedme, con su fuerza…, si os tocan estáis muertos —continuó.

—Pe-pero… ¿tú quién eres? ¿Y por qué te pareces ta-tanto a mí? —replicó GG, que no podía creerse lo que estaba viendo.

—Yo no me parezco a nadie, y mucho menos

a ti: nunca habría entrado en este sitio montando el estruendo que habéis hecho. Ahora van a estar más activos que nunca… —dijo.

—Hombre, físicamente sí que os parecéis —dijo Inuya.

—¿Queréis dejar ya ese tema? Hace meses que no me veo en un espejo, pero está claro que no entendéis nada de lo que está pasando aquí —respondió el chico misterioso, bastante molesto.

—De acuerdo, dinos qué está pasando —dijo Town con tono conciliador.

—Pero primero tu nombre: ¿cuál es tu nombre? —preguntó Inuya.

—Me llamo Glossy y estáis en la vieja pizzería de Alfredo. Este lugar, hace años, fue muy popular. Había robots con formas de animal en lugar de camareros para servir la comida; miles de *influencers* venían aquí a grabar sus *stories* y, junto a ellos, legiones de seguidores llenaban cada día este lugar —explicó—. Pero un día algo salió mal, no se supo bien si fue un error de programación, un mal uso de las máquinas o alguna otra cosa, pero los robots se volvieron hostiles y empezaron a atacar a los clientes. Murieron tres personas y unas veinte resultaron heridas. Ese mismo día, este lugar se cerró y quedó abandonado con los camareros robóticos encerrados dentro —añadió Glossy, con un tono entre serio y nostálgico.

—Es terrible… —dijo Town.

—Con los años, este edificio está cada vez más deteriorado y más pronto que tarde se vendrá abajo; cuando eso pase… —Glossy hizo una pausa mientras los miraba fijamente—, los robots pueden escapar y volver a sembrar el caos. He de impedirlo —afirmó con rotundidad.

—Pero si no hay nada ni nadie en kilómetros a la redonda —intervino Inuya.

—Eso es lo que tú te crees —respondió Glossy.

—¿Cómo? ¿Hay más personas por aquí? —preguntó Pepe.

—De ese tema podemos hablar más tarde, contarlo me llevaría mucho tiempo, y ahora habéis alertado a los robots —dijo Glossy.

—Nosotros hemos venido aquí por una llave —afirmó GG, intentando acostumbrarse a hablar con alguien que era exactamente igual que él.

—¿Se puede saber de qué estáis hablando? Aquí solo hay suciedad y decadencia —replicó Glossy, irritado al pensar que el grupo se estaba burlando de él.

—Sí, en una casa situada a varios kilómetros al sureste, encontramos un mapa que indica que en este lugar hay una llave o algo parecido que es muy importante para nosotros —intervino Town apoyando a GG.

—No tengo ni idea de qué decís, pero… —Glossy sonrió mientras le venía una idea a la cabeza— creo que podemos ayudarnos mutuamente. —Su tono había pasado de la irritación a la tranquilidad.

—Espera, no tan rápido. ¿En qué estás pensando? —preguntó Pepe, algo preocupado.

—Llevo semanas observando a esos trozos de metal con patas a través de estas cámaras para encontrar qué es lo que los mantiene con energía —dijo Glossy—, pero se mueven sin rumbo fijo, de forma aleatoria. He intentado entrar en distintas habitaciones, pero siempre me acaban detectando. Pueden ver, pero la gran cantidad de polvo y telarañas que hay en las cámaras que les sirven de ojos les debe cegar bastante, así que se guían principalmente por el oído —explicó.

—Seguro que la patada de Inuya para romper el cristal ha sido lo que los ha alertado —apuntó Pepe.

—Necesito que algunos me acompañéis a explorar las habitaciones que aún me faltan por investigar, y sobre todo el comedor principal. Así podéis aprovechar para encontrar la llave que buscáis —dijo Glossy.

—Eso suena bastante peligroso —respondió Town con serias dudas sobre la seguridad de la propuesta.

—Déjame acabar —le soltó Glossy, contundente—: uno o dos de vosotros os quedaréis aquí, en la sala de seguridad del local, guiándonos e indicándonos dónde están los robots a través de las cámaras. No sé qué pasa con este lugar, pero aquí dentro no se atreven a entrar.

—No acabo de verlo claro, ¿de qué sirve intentar encontrar la llave si acabamos muertos o heridos? —les preguntó Town a sus compañeros.

—Debe de existir otro modo —le apoyó Pepe.

—Si la llave está dentro de esta pizzería, tendremos que encontrarla y cogerla con nuestras propias manos. Yo acompañaré a Glossy; si queréis, vosotros podéis quedaros aquí guiándonos —afirmó GG, mientras se ponía junto al extraño chico que habían conocido.

—Tienes razón, yo también voy con vosotros. No tiene sentido que haya tres personas vigilando las cámaras —dijo Inuya.

—Muchas gracias. Me alegra que entendáis lo importante que es acabar con estos seres malvados. Vosotros dos quedaos aquí para guiarnos —respondió Glossy, que, contento, señaló a Town y Pepe, que acabaron aceptando la idea.

Antes de salir de la sala de seguridad, Glossy sacó una vieja caja que, a diferencia del resto de los objetos en la habitación, no tenía ni una mota de polvo. Al abrirla, los *youtubers* pudieron ver cuatro linternas y otros tantos pinganillos que les servirían para comunicarse a distancia.

—Aquí solo hay cuatro cosas de cada, y somos cinco —dudó Pepe.

—No esperaba que fuerais a aparecer, para mí solo había más que de sobra —le reprochó Glossy.

—Inuya, Glossy y yo debemos llevar linterna y pinganillo; creo que para vosotros habrá más que suficiente con un pinganillo; seguro que el micro capta las voces de los dos —expresó GG mientras agarraba los objetos que le correspondían.

Antes de salir, los tres comprobaron que las linternas y los pinganillos funcionaran bien; Town se sentó en la silla que había a la derecha de los televisores con el dispositivo puesto en la oreja; de pie, Pepe controlaba el lado izquierdo de las pantallas.

—Estoy viendo dos robots en el comedor principal y un tercero en la sala que debe de ser de cumpleaños, por la decoración… —soltó Pepe.

—El pasillo está despejado, salid ahora —dijo Town.

Glossy, GG e Inuya abrieron la puerta de la sala de seguridad poco a poco, intentando que la vieja madera desgastada crujiese lo menos posible. Salieron lentamente, con las linternas encendidas e intentando no hacer ruido.

Fueron hasta la segunda puerta de la pared izquierda del pasillo y entraron sin demasiada dificultad, pues la entrada estaba abierta de par en par. Al iluminar el lugar con sus linternas, observaron cajas y más cajas apiladas, alguna silla rota tirada en el suelo, varios cubos y fregonas mugrientos; en las paredes, diversos pósteres de los camareros robots que promocionaban lo tecnológico que era el lugar. Abrieron algunas cajas con mucho cuidado, pero no encontraron nada interesante.

—Vamos a salir de esta habitación, ¿hay algún robot cerca? —preguntó Glossy a través del pinganillo.

—Están lejos, podéis salir —respondió Town.

El grupo salió con el mismo sigilo con el que había entrado y se dirigió a la puerta del pasillo que se encontraba enfrente de ellos. Esta sala era diferente a la anterior, había varias mesas rectangulares con diez sillas a su alrededor; banderines de colores oscurecidos por el polvo y el tiempo colgaban del techo. Cuando todos habían entrado en esa nueva habitación, GG agarró el pomo de la puerta para cerrarla con una lentitud extrema, no sabía qué nivel de ruido podía alertar a las máquinas.

—¡Achús! ¡Achús! —GG estornudó por culpa del polvo que se había levantado al mover la puerta, que debía de haber permanecido quieta durante años—. Perdonad, chicos, no he podido evitarlo —susurró GG.

El sonido de pasos metálicos estallando contra el suelo no se hizo esperar.

—Dos robots se están acercando a vosotros, escondeos —dijo Town a través de los auriculares.

—¡Maldita sea, GG! Apagad las linternas y ocultaos bajo una mesa; cuando los escuchéis muy cerca, contened la respiración —ordenó Glossy mientras se agachaba para sentarse bajo la mesa más cercana.

Inuya y GG obedecieron rápidamente, la sala volvió a quedarse totalmente a oscuras y el sonido de pasos se hizo cada vez más intenso, hasta que, de repente, se detuvo: las máquinas estaban justo detrás de la puerta y los tres chicos se dispusieron a contener la respiración.

Mientras se esforzaban por no respirar, una fuerte explosión sonó junto a ellos: los dos robots habían reventado la puerta con sus puños metálicos y empezaron a moverse por la habitación. Glossy y GG mantenían la respiración de forma calmada, mientras Inuya, rojo como un tomate, batallaba contra sí mismo para que no se le escapase una bocanada de aire.

Al cabo de unos treinta segundos que se hicieron eternos, los camareros mecánicos salieron de la habitación causando el mismo estruendo que habían hecho al acercarse; los chicos suspiraron, aliviados.

—¿Quieres matarnos o qué? —le recriminó Glossy a GG mientras Inuya seguía concentrado en respirar.

—No he podido evitarlo, de verdad —se disculpó GG.

Inuya, GG y Glossy salieron muy despacio de debajo de las mesas en las que se escondían y miraron a su alrededor más detenidamente. No parecía haber nada que llamase la atención, excepto por la esquina más alejada de la puerta de la pared de la izquierda.

No era extraño encontrar grietas en el edificio, pero es que allí parte de la pared se había derrumbado, dejando un orificio de un metro de diámetro que conectaba con otro lugar de la pizzería. Los tres chicos se acercaron para examinarlo mejor y vieron que podían llegar hasta el comedor principal a través del agujero.

—¿Dónde están ahora los robots? —preguntó Glossy.

—Dos en el pasillo por el que habéis venido y otro en la sala de cumpleaños —respondió Town.

—Eso es en el lado derecho del comedor…, muy cerca de donde saldremos si atravesamos la pared… —murmuró Glossy mientras veía cómo GG metía la cabeza por el boquete para poder ver por primera vez el gran salón donde alguna vez se habían servido comidas.

—Esto es inmenso —susurró GG iluminando con su linterna la nueva estancia—. Vamos, chicos, hemos de movernos. Está claro que aquí no podemos quedarnos y, con lo que acaba de decir Town, salir por el pasillo no es una opción —añadió, sacando la cabeza del agujero.

—¡Tienes razón, vamos! —respondió Glossy.

Los tres se agacharon para poder pasar a través de la pared derruida; con prudencia, para no llamar la atención de los robots, recorrieron el comedor principal de Pizzas Alfredo. Era un salón mucho más grande que cualquiera de los anteriores, les pareció que podría ser incluso cinco veces más grande que la sala de seguridad. Estaba lleno de mesas comidas por las termitas y rodeadas por sillas que habían corrido la misma suerte. Al fondo se podía distinguir un escenario como los que usan en ciertos pubs y restaurantes para hacer conciertos; en los laterales, había dos puertas cerradas, una a cada lado.

—Esto no tiene sentido… —se dijo Glossy, aunque Inuya y GG lo escucharon.

—¿Qué ocurre, Glossy? —preguntó Inuya.

—Esa puerta, la de la izquierda —dijo señalando lo que parecía la entrada cerrada a otra habitación—. No está en los planos que he estudiado.

—Eso significa que si alguien quiere ocultar algo lo haría allí —apuntó Inuya, convencido de que la llave que buscaban podía estar allí.

—¿Por qué no vamos a investigar, aprovechando que las máquinas están lejos? —sugirió GG.

Se acercaron a la puerta cerrada. GG agarró

la manecilla y abrió poco a poco, deslizando hacia abajo y empujando con la máxima delicadeza para evitar cualquier sonido. No obstante, como la puerta llevaba años cerrada, enseguida empezó a crujir hacia dentro dejando entrever la habitación más dañada de todas: el centro se había hundido creando un agujero que ocupaba la mayor parte de la estancia, el cual tenía una profundidad lo suficientemente grande como para que ninguno pudiera ver el fondo.

—¿Dónde estáis? No os encontramos en las cámaras —dijo la voz de Town a través de los pinganillos.

—Creo que hemos dado con una habitación secreta, no os preocupéis —respondió GG.

Iluminaron cada rincón de aquel cuarto con sus linternas: se podían ver engranajes, muelles y otras piezas metálicas distribuidas sobre una mesa y por el suelo, cerca de la entrada. También vieron que alrededor del agujero quedaban unos estrechos pasillos de poco más de un metro de ancho que conectaban con la zona más lejana de la sala; cuando apuntaron sus luces hacia ese lugar, pudieron distinguir el brillo de algo metálico apoyado contra la pared.

—¡Puede ser la llave! —exclamó Inuya, llevado por la emoción del momento.

—¡Vamoooos! —le acompañó GG, emocionado por el descubrimiento.

—¡Pero queréis callaros! —les reprochó Glossy, preocupado por que los detectaran otra vez.

Los tres chicos cruzaron el poco suelo que

quedaba en pie alrededor del agujero, para poder llegar hasta donde se encontraba el objeto brillante.

—Los tres robots están volviendo rápidamente al comedor principal, ¿me escucháis? Es posible que estén yendo hacia donde estáis —exclamó Pepe a través de los auriculares.

Apenas pasaron unos segundos hasta que el ruido de pasos metálicos que sonaban en la pizzería se empezó a oír más y más cerca; de repente, la cabeza robótica e inexpresiva de uno de los robots, oxidado por el paso de los años y lleno de cables, apareció por la puerta.

—¡¡¡Maldita sea!!! ¡¡¡Nos habéis condenado a muerte!!! —gritó Glossy.

GG estaba agachado recogiendo el objeto brillante que, efectivamente, era una llave plateada y antigua, con el agarre en forma de trébol de cuatro hojas.

Los camareros-robot entraron uno tras otro en la sala y empezaron a recorrer los dos laterales del agujero; dos de ellos iban por uno de los lados; otro, por el opuesto. Estaban atrapados.

—No voy a permitir más muertes en este lugar —dijo Glossy, que parecía más que afectado por la situación—. Ahora vais a escucharme: haréis lo que yo os diga y tal como os lo diga, ¿de acuerdo? —dijo con seriedad.

—De acuerdo —respondieron a la vez GG e Inuya.

—Esto también va para los que estáis en la sala de seguridad: voy a empujar hacia el agujero al robot que está solo. Una vez que lo haga, hemos de salir todos corriendo lo más rápido que podamos —dijo, al tiempo que se levantaba y caminaba hacia el robot solitario que estaba a medio cruzar por el camino de la derecha.

Glossy cogió carrerilla; con las manos por delante, se abalanzó contra el robot. Sin embargo, este le soltó un puñetazo que lo lanzó de nuevo hacia el fondo del cuarto y le dejó la cara completamente ensangrentada.

—¡No vais a matar a nadie más! —gritó.

Se levantó y corrió de nuevo hacia el robot.

Esta vez, Glossy, que dejó un reguero de sangre a su paso, se lanzó hacia las piernas de la máquina, pero no con las manos por delante como antes: ahora empujó usando su cuerpo y con todas sus fuerzas. El impacto fue tan fuerte que el robot perdió el equilibrio y cayó al agujero junto al chico que se parecía tanto a GG, que había quedado atrapado entre los cables y huecos del cuerpo del robot.

—Corre, GG —dijo Inuya.

Su compañero se había quedado embobado al ver caer a Glossy a las profundidades mientras los robots del otro lado no dejaban de avanzar.

Los dos chicos corrieron como nunca lo habían hecho, impulsados por la adrenalina. Salieron de la habitación secreta, cruzaron el comedor principal y corrieron por el largo pasillo que los separaba de la salida de la pizzería.

Cuando habían recorrido la mitad del pasillo, vieron que Town y Pepe cruzaban el umbral de la sala de seguridad y se paraban junto a la puerta de salida.

—¿Qué ha pasado? —preguntó Town.

—¡Salid! ¡Vamos, salid! —gritó GG.

El estruendo de pasos metálicos parecía acercarse a ellos de nuevo.

No se lo pensaron dos veces, Town y Pepe cruzaron el vidrio roto de la puerta por el que habían entrado horas antes; Inuya y GG hicieron lo mismo. Los cuatro siguieron corriendo varios minutos hasta alejarse centenares de metros de aquel lugar.

—¿Qué ha ocurrido? ¿Dónde está Glossy? —volvió a preguntar Town entre jadeos.

—Se ha sacrificado para salvarnos —respondió Inuya.

—¿Qué? —dijo Pepe.

—Encontramos la llave en la habitación sin cámaras, pero esas máquinas nos rodearon; se enfrentó a los robots para darnos la oportunidad... de escapar... —respondió GG, afectado por todo lo que había vivido.

—No puede ser... —dijo Town.

—Al menos tenemos la llave... —apuntó GG mientras sacaba la vieja llave con forma de trébol de su bolsillo.

—Será mejor que nos alejemos de aquí, no vaya a ser que los robots se escapen de la pizzería y nos persigan —dijo Pepe.

6

La fábrica de juguetes

Caminaron en línea recta varios minutos, escapando a paso veloz de los peligros que habían dejado atrapados en la pizzería. Todos avanzaban sin hablar, con la cabeza mirando al suelo, tratando de asimilar todo lo que les estaba pasando desde que habían iniciado aquel directo para probar un nuevo dispositivo *gamer*.

De repente, Town rompió el silencio.

—¿Qué estamos haciendo aquí? No es normal nada de lo que hemos visto… ¿Y si todo esto lo estoy soñando? —masculló en voz baja, aunque lo suficientemente fuerte como para que sus compañeros le escucharan.

—Créeme que esos robots eran muy reales —respondió GG, que aún seguía en *shock* por el sacrificio de Glossy.

—He escuchado que, cuando sueñas, no puedes

leer o ver la hora en un reloj, y nosotros hemos podido leer el cartel de Pizzas Alfredo. Creo que eso descarta que estemos soñando —dijo Inuya.

—Me parece que no debemos perder el tiempo con esas cosas —les cortó Pepe—. ¿Hacia dónde estamos caminando? —añadió, poniéndose delante del grupo y frenándoles el paso.

Los demás se detuvieron bruscamente: sabían que Pepe tenía razón, no se estaban dirigiendo a ningún lugar concreto y no quedaba demasiado para que anocheciera.

—Dejad que me oriente —dijo Inuya, que sacó de su bolsillo el mapa que se había guardado antes de salir de la casa de madera oscura.

Mientras se sentaba en el suelo con el mapa desplegado y miraba la posición del sol, se empezó a escuchar un ruido grave a su alrededor. Hacía más de un día que no habían comido nada, por lo que los estómagos de GG y Town parecían exigir lo suyo.

—Tengo un hambre que no veas. Hemos de encontrar algo para comer —exclamó GG.

—Tienes razón, con toda la tensión que llevo encima, no me había fijado, pero no sé cuánto tiempo podremos aguantar sin comer, y aquí no parece que haya nada… —replicó Town, preocupado.

—Seguro que en la pizzería hubiésemos encontrado algo —añadió GG, al que aún le sonaban las tripas.

—Sí, claro, y también te hubieras encontrado con un robot mordiéndote la cabeza —le contestó Pepe.

En ese momento, Inuya se puso de pie mientras señalaba un punto en el horizonte.

—Aunque parezca mentira, íbamos por el buen camino…, más o menos —dijo.

—¿Cómo que más o menos? O vamos bien o no —contestó Pepe, que temió que su compañero no supiera dónde se encontraban y estuviese improvisando.

—Hemos caminado en línea recta hacia el sur desde que salimos de Pizzas Alfredo, que quedaba al noroeste, y la marca de llave más cercana está al suroeste de la pizzería, por lo que deberíamos caminar hacia un punto intermedio entre donde se va a poner el sol y la dirección que llevamos ahora —respondió Inuya—. Justo por allí —añadió mostrando gran seguridad en sus palabras.

—Pero ¿no cabe la posibilidad de que hayamos caminado demasiado al sur y hayamos dejado la ubicación de la segunda llave atrás? —replicó Pepe.

—Sí, pero ¿tenemos alguna idea mejor? —contestó Inuya, algo molesto.

Se hizo el silencio; nadie tenía ninguna otra propuesta para llegar a la ubicación de la nueva llave y la noche se cernía sobre ellos.

—Vamos, chicos, el plan de Inuya no suena mal. Con un poco de suerte, la nueva llave estará en un edificio y podremos resguardarnos de la noche —dijo Town mientras empezó a caminar en la dirección que había señalado su compañero de boina granate.

—Y quizá también encontremos comida —añadió GG animado ante la posibilidad de comer algo en breve.

Los cuatro caminaron varias horas en la misma dirección, al tiempo que la luz del sol era cada vez más anaranjada. Por el camino, de la llanura de asfalto empezaron a brotar ruinas de construcciones que no debían de ser muy antiguas. Ninguno pudo identificar claramente de qué se trataba, pero estaba claro que los cuadrados o rectángulos en el suelo compuestos de ladrillos o bloques de hormigón eran los restos de lo que alguna vez habían sido edificios o casas. Al principio veían uno cada pocos minutos, pero luego encontraron zonas repletas de aquellos restos urbanísticos.

—¿Qué debió de pasar aquí? —dijo Town mientras miraba los escombros a su alrededor.

—Está claro que nada bueno —le respondió Pepe.

Mientras avanzaban por la zona, a los cuatro exploradores se les pasó por la cabeza investigar más a fondo las ruinas, pero rápidamente se olvidaron de eso cuando vieron, a lo lejos, un edificio en pie. El exterior era imponente, estaba construido con ladrillos pintados de amarillo y debía de tener tres plantas. De la parte superior de la construcción sobresalían tres chimeneas enormes que apuntaban al cielo. Era una fábrica.

—Chicos, ¿habéis visto ese edificio? —preguntó GG, emocionado por ver un lugar en pie ante tanta destrucción.

—Creo que este es el sitio que indica el mapa —le respondió Inuya.

—Aunque no lo fuese, tenemos que pasar la noche en algún sitio a cubierto —añadió Pepe.

Cuando el grupo estuvo junto a la fábrica amarilla, vieron que la puerta estaba abierta de par en par y que sobre esta había colgado un cartel en el que ponía: «HORA DE JUGAR. FÁBRICA DE JUGUETES».

—Qué nombre más raro para una fábrica —dijo Pepe mientras miraba el cartel.

—Igual aquí podemos *streamear* algún *gameplay*, si es la hora de jugar —le respondió Inuya entre risas.

GG se rio, ante la mirada seria de Pepe. Giró la vista a Town, que, en lugar de observar el cartel, miraba la puerta abierta de acceso al oscuro interior de la fábrica.

—¿Pasa algo, Town? —preguntó Pepe acercándose a su compañero.

—No me gusta esto: si la puerta está abierta, quiere decir que alguien la ha abierto —respondió Town, preocupado—. Y si alguien la ha abierto, puede que aún esté dentro —añadió.

Inuya y GG habían dejado de reír y se habían acercado a sus dos compañeros para escuchar qué estaban diciendo.

—Hemos de entrar con un plan, puede ser peligroso —afirmó Pepe.

—GG e Inuya, ¿aún tenéis las linternas que os dio Glossy? —preguntó Town mirando a sus compañeros.

—Sí —respondieron al unísono mientras sacaban la linterna de sus bolsillos.

—Genial, ahí dentro parece que no hay luz, deberemos alumbrarnos con ellas —dijo Town.

—Pepe, tú y yo agarremos un par de piedras. Así, en caso de peligro, podemos lanzárselas a quien sea —añadió Town, mirando a su compañero.

Mientras recorrían los alrededores de la fábrica para agarrar rocas lo suficientemente grandes para hacer daño, pero con un tamaño que les permitiera guardarlas en los bolsillos de sus pantalones, se fijaron en las grietas que recorrían las paredes exteriores del edificio, así como en el hecho de que apenas había ventanas. Aunque el edificio era imponente, parecía muy deteriorado. Cuando Town y Pepe acabaron de guardarse las piedras que usarían como arma, volvieron a juntarse con GG e Inuya frente a la puerta de la fábrica.

—El plan es este —les dijo Town a sus compañeros—: hemos de entrar haciendo ruido e iluminando con las linternas todo lo que encontremos a nuestro paso, no queremos pillar a nadie por sorpresa. Si hay alguien y es bueno, saldrá a encontrarnos; si es malo y quiere esconderse, tendremos que usar las piedras en cuanto lo veamos.

Todos estuvieron de acuerdo.

7

Nwot

Entraron por la puerta de aquella extraña fábrica de juguetes; delante iban GG e Inuya alumbrando el camino con sus linternas; detrás de ellos, Town y Pepe llevaban una piedra en cada mano y otras tantas en los bolsillos de sus vaqueros, preparados para atacar en cualquier momento.

Al principio, la puerta dio paso a un corto pasillo que desembocaba en un amplio recibidor con un gran mostrador en un lateral, flanqueado por dos puertas entreabiertas; también había algunos sillones en buen estado, pero totalmente cubiertos de polvo. Parecía el lugar donde, hacía tiempo, la gente que había trabajado allí fichaba y donde los clientes esperaban a que los atendieran.

—¡Hola! ¿Hay alguien ahí? —gritó Town cuando llegó al recibidor.

GG e Inuya iluminaron la zona.

—¡Venimos buscando refugio! —añadió Town.

Pero solo se escuchó el eco de su voz rebotando por las paredes dañadas.

Mientras Town intentaba obtener una respuesta de alguien que pudiera haber entrado antes que ellos en el edificio, GG pasó a la zona interior del mostrador. Ayudado por su linterna, pudo ver varios ordenadores polvorientos y apagados junto a montones de papeles esparcidos. Todo en aquella recepción estaba cubierto de suciedad a excepción de un papel. GG se fijó en un panfleto publicitario que coronaba una de las torres de documentos. Se acercó con curiosidad; mientras el resto de sus compañeros seguían gritando y haciendo ruido para comprobar si realmente estaban solos, agarró el díptico. Parecía que alguien lo había manipulado hacía poco, pues tenía algunas marcas de dedos, y habían limpiado la parte central de las partículas que ensuciaban el resto de los papeles. Cuando empezó a leerlo, vio que era un anuncio de una nueva muñeca llamada Darky, fabricada por la empresa Hora de Jugar.

—Chicos, esto es muy raro —dijo GG.

Los otros chicos habían dejado de gritar, convencidos finalmente de que estaban solos.

—Todo es raro en este sitio —le respondió Pepe.

—No, quiero decir que esto es especialmente raro —insistió GG mientras alzaba el panfleto y lo movía de lado a lado para que sus compañeros lo viesen.

—¿Es una pista de donde está la llave? —preguntó Inuya.

—No —respondió GG, que salió del mostrador por uno de los laterales—. Creo que…

Cuando estaba pasando junto a la puerta que

quedaba a su derecha, esta se abrió rápidamente golpeándole en el hombro derecho, derribándole y haciéndole caer al suelo. De la oscuridad que había tras el marco de la puerta surgió una figura humana de pelo blanco, piel oscura y barba de algunos días que quedó parcialmente iluminada por la linterna de GG que estaba en el suelo.

—GG, ¿estás bien? —preguntó Town, que aún no se había fijado en el hombre misterioso.

De repente, una piedra salió disparada del centro de la habitación hacia aquel tipo, pero impactó en la puerta abierta con la fuerza suficiente como para dejar una marca.

—¡Maldita sea! —exclamó Pepe, que acababa de lanzar la piedra, al ver que había fallado el tiro.

—¿Se puede saber qué estáis haciendo? No busco pelea, creo que todo aquí ya está lo suficientemente destruido como para que nos pongamos a tirarnos piedras —dijo el hombre mirando a Pepe.

GG, aún aturdido por la caída, aprovechó para coger su linterna y alejarse de la puerta gateando.

—¿No buscas hacernos daño? —preguntó Town.

—Claro que no, he venido aquí para conseguir una cosa para mi hija, no quiero haceros daño, ni a vosotros ni a nadie; pero como me tiréis otra piedra, cambiaré de idea —le respondió.

—Discúlpanos, no sabíamos si eras un enemigo —dijo Town acercándose a él.

—Es que no se puede aparecer así de golpe. Además, mira lo que le has hecho a GG —le reprochó Pepe señalando a su compañero, en el suelo, intentando ponerse de pie ayudado por Inuya.

—No lo hice queriendo: escuché gritos que venían de aquí y me acerqué a ver qué estaba pasando. Estas puertas están oxidadas y cuesta moverlas, por eso empujé con todas mis fuerzas. No esperaba que vuestro compañero estuviera detrás —se disculpó mientras se acercaba a GG, que ya estaba de pie junto a Inuya.

—¿Te encuentras bien? —preguntó el hombre misterioso a GG.

—Sí..., menudo golpe me he pegado —respondió suspirando mientras se sacudía la ropa para quitarse la suciedad que se le había pegado al caer.

—Has dicho que estabas aquí por una cosa para tu hija, ¿verdad? ¿No será, por casualidad, una llave con forma de trébol? —preguntó Inuya—. Enséñasela, GG —añadió.

GG sacó la llave que había conseguido en la pizzería de su bolsillo y, sin soltarla, se la mostró.

—No, ¿para qué querría yo una llave? He venido aquí para ver si encuentro una muñeca Darky —respondió mientras cogía el panfleto que había encontrado GG y que había caído al suelo—. Vivimos tiempos oscuros y debo hacer alguna cosa para que mi hija deje de estar triste —añadió, con una mirada cada vez más apagada y una voz que denotaba frustración.

»Antes de que todo se destruyese, esta fábrica empezó a producirlas. Y si sigue en pie, puede que quede alguna... Pero es que todo está en ruinas ahí dentro y es muy difícil avanzar —explicó el hombre misterioso señalando la puerta.

—Creo que podemos hacer algo que nos beneficie a todos —dijo Inuya—. Nosotros estamos buscando una llave como esta justo donde tú estás buscando la muñeca. ¿Qué te parece si avanzamos juntos? —le preguntó.

—Siempre diez ojos ven mejor que dos —respondió.

—Os parece bien, ¿verdad, chicos? No tenemos nada que perder —volvió a preguntar Inuya, pero esta vez a sus compañeros.

Todos estuvieron de acuerdo; no obstante, al tiempo que Town y Pepe se acercaban a la puerta, este le susurró a su compañero:

—Ten las piedras a mano por si la cosa se complica.

Cuando las cinco personas se encontraban junto a la puerta, se presentaron. El hombre misterioso se llamaba Nwot y llevaba varios días explorando aquel lugar sin demasiado éxito para sus intereses. Les contó que varias salas del segundo piso tenían el suelo hundido y que era imposible cruzarlas. Cuando iba a añadir algo, el rugir de varios estómagos hambrientos lo interrumpieron.

—Vaya, parece que hay hambre —bromeó Nwot.

—Mucha, hace más de un día que no comemos ni bebemos nada —respondió GG.

—¿Qué dices? A ver si os vais a desmayar. Venid, he montado mi campamento en una sala muy cerca de aquí, hasta que encuentre lo que estoy buscando. Os puedo dar algo de agua y comida —añadió Nwot con una sonrisa.

Los cuatro chicos le siguieron; al cabo de menos de un minuto llegaron a una pequeña habitación que en algún momento debió de ser un almacén. Las paredes estaban cubiertas de estanterías con cajas sucias; en el centro de la estancia había una discreta tienda de campaña junto a una mochila de gran tamaño; a su lado, una lámpara de aceite encendida emitía una luz tenue pero suficiente para permitir una visión cómoda de la estancia.

Nwot les ofreció dos barritas energéticas y una botella de agua a cada uno. Inuya se bebió el agua de un solo trago, mientras Town miró sus barritas antes de darles tímidos mordiscos. No era lo que le apetecía comer, claro, pero algo tenía que llevarse a la boca.

—¿Sabes?, tienes cierto parecido a Town —le dijo GG a Nwot.

—Pues, ahora que lo dices, sí que se parece, sí —le apoyó Pepe.

—Sí, puede ser —Nwot se rio—. Sea como sea, ahora que ya habéis comido algo, hemos de centrarnos en lo que realmente importa. El almacén de las muñecas Darky está en la tercera planta —dijo, de nuevo serio.

—Pues vaya lugar para poner un almacén: debería de estar en la planta baja, para luego cargar los camiones —se burló Pepe.

—Yo no decidí dónde colocar las muñecas, están ahí y ahí tengo que ir. ¿Vosotros sabéis dónde puede estar vuestra llave? —preguntó el hombre de pelo blanco.

—No lo sabemos: solo tenemos un mapa que

nos indica que puede estar en este edificio —le respondió Town.

—Entonces acompañadme al tercer piso; quizá por el camino podáis encontrarla —propuso Nwot.

Nadie se opuso al plan. Tan pronto como dieron un último bocado a las barritas energéticas, se levantaron. Iluminados por la luz de las linternas de Inuya y GG, así como por la lámpara de aceite que cogió Nwot, los cinco empezaron a caminar por los pasillos llenos de grietas del primer piso de la fábrica de juguetes.

El grupo de Nwot caminó a las escaleras que subían al segundo piso; durante el trayecto, entraron en todas y cada una de las habitaciones que encontraron a su paso. Algunas eran viejas salas de reuniones con mesas grandes rodeadas de sillas; otras estaban llenas de muñecos de juguete de todo tipo esparcidos por el suelo. La última habitación justo antes de las escaleras tenía la puerta atascada. Inuya y Pepe tuvieron que empujar varias veces hasta lograr derribarla. Al entrar, vieron que estaba llena de mesas sobre las que había guantes de colores puestos en moldes con forma de mano.

—¿Para qué debieron de servir esos guantes? —preguntó Inuya mientras tocaba la punta de los dedos de uno azul.

—Quizás, además de juguetes, también produjeran otras cosas —respondió Town.

—No, Hora de Jugar solo fabricaba juguetes; era famosa por eso. Pero nunca había visto estos guantes, ni tampoco se vendían en las tiendas —explicó Nwot, extrañado.

—¿Y si cogemos un par? —propuso GG.

—Yo no tocaría nada si no sabemos lo que son; tal vez sea peligroso —contestó Pepe—. ¡Inuya, deja de tocarlos! —exclamó.

—Mejor subamos ya las escaleras —dijo Nwot camino de la salida.

Los cinco salieron de la habitación en fila. El último en abandonar la sala fue Town, que, antes de hacerlo, echó la vista atrás para volver a observar entre la oscuridad aquellos guantes. En ese momento, le pareció ver que alguno era verde fluorescente, pero apenas tuvo tiempo de pensar sobre ello cuando una masa de pelo azul cayó sobre él desde una estantería que había junto a la puerta.

—¡Aaaaaahh! ¡¿Qué es esto?! ¡Chicos, ayuda! —dijo.

El miedo y el peso de la bola de pelos que le cubría la cabeza y le impedía ver le hizo caer al suelo, forcejeando e intentando zafarse.

Sus compañeros se dieron la vuelta rápidamente y le apuntaron con sus linternas para ver cómo Town agarraba puñados de pelo azul de la masa deforme que le cubría la cabeza y los arrancaba para lanzarlos lejos de él y volver a empezar. Ante esta situación, Pepe lanzó una de las piedras que llevaba en sus bolsillos a la masa azul, logrando impactar en el centro de esa cosa que no tuvo reacción alguna. La piedra simplemente golpeó y cayó al suelo junto a Town.

—Pero ¿se puede saber qué haces? No necesita pedradas, sino que le quitemos eso de encima —dijo Nwot mirando algo molesto a Pepe.

Los cuatro se acercaron a Town, y entre Nwot y Pepe le quitaron lo que resultó ser una gran bola enredada de hilos de pelo sintético usados para confeccionar peluches de más de cinco kilos.

—Qué mal lo he pasado, entre la poca luz que hay aquí y lo rara que es esta habitación pensaba que algo me estaba intentando atacar —dijo Town con la respiración alterada mientras trataba de incorporarse.

—Has tenido suerte de que fuese algo blandito y no un trozo de techo, eso sí que te hubiese matado —le respondió Nwot seriamente.

Los cinco subieron las escaleras que daban acceso al segundo piso de la fábrica. Al finalizar los peldaños, vieron que el suelo se había venido abajo. Solo quedaban cinco vigas de acero de unos cincuenta centímetros de ancho que cruzaban lo que alguna vez había sido un pasillo, creando una especie de puente entre el final de las escaleras y la puerta de la habitación más cercana, que estaba cerrada.

—¿Y ahora qué hacemos? —preguntó Town.

—Hemos de pasar por encima de las vigas hasta aquella puerta —le respondió Nwot, que señaló con el dedo índice la habitación que tenían frente a ellos.

—Puede que allí dentro el suelo siga en su sitio; con un poco de suerte habrá una puerta o algo que conecte con otra parte del pasillo que esté en buen estado —continuó mientras tanteaba la estabilidad de las vigas dándoles pisotones.

—Yo no tengo muy claro si esto es seguro; como perdamos el equilibrio y nos caigamos…, hay unos cuatro metros de caída —dijo Pepe, que miró el suelo del primer piso a través de la estructura de metal.

—La verdad es que no tenemos alternativa si queremos conseguir la llave —intervino Inuya mirando a su compañero.

—Y la muñeca —le completó Nwot.

Tras comprobar que las vigas eran estables, Nwot fue el primero en cruzar; después pasaron Town, Pepe, Inuya y, por último, GG. Al llegar a la puerta, el hombre de pelo blanco trató de abrirla; estaba algo oxidada, como todas las de ese edificio, pero con un poco de esfuerzo lograron abrirla de par en par. Se encontraron ante una habitación llena de mesas y sillas, con unas enormes grietas en las paredes; pero lo más importante es que tenía el suelo donde debía tenerlo.

Poco a poco todos fueron entrando. De repente, cuando GG estaba a poco más de un metro del umbral de la puerta, miró hacia abajo. Nunca había temido las alturas, pero en ese momento la distancia que le separaba del suelo del primer piso, junto a la oscuridad y la falta de sueño, hizo que perdiera el equilibrio.

—Aaaaaaaaaaaaah —exclamó GG; el apoyo de una pierna le falló, se salió de la viga y cayó al vacío.

—¡GG! —gritó Town, que, al ver que su compañero estaba a punto de caerse, corrió hacia él para agarrarle la mano y tirar de él.

El cuerpo de GG pasó de estar cayendo a impactar con la cabeza en el pecho de Town, cosa que provocó que ambos cayeran al suelo y levantaran una nube de polvo que hizo que los cinco comenzasen a toser.

—Ya os dije que era peligroso —repuso Pepe intentando respirar entre tanto polvo y sin parar de toser.

—¿Estáis bien? —preguntó Nwot a los dos chicos que estaban en el suelo.

Ambos asintieron al tiempo que se ponían en pie e intentaban quitar la suciedad de sus ropas, que habían quedado grises.

—Debemos continuar, pero id con mucho cuidado, ¿vale? —dijo Nwot mirando las grietas de las paredes que había a su alrededor; eran grandes, anchas, nacían en el suelo y llegaban hasta prácticamente un metro de altura.

A través de esas aberturas en los muros se podía ver un nuevo pasillo aún con suelo, algo imposible de ver desde las escaleras.

Mientras Nwot observaba esto, Inuya y Pepe se habían puesto a buscar por todos los rincones de la habitación la llave en forma de trébol; miraron en los rodapiés agrietados y desconchados, debajo de las sillas y las mesas, incluso en el marco de la puerta que acababan de atravesar, pero nada.

—Creo que esta grieta es lo suficientemente ancha para que podamos pasar y continuar el camino al tercer piso. Tened cuidado, pues hay varillas de hierro y otras cosas que os pueden cortar mientras pasáis —dijo Nwot en voz alta señalando las puntas de metal que habían formado parte de la estructura de la pared, pero que ahora estaban oxidadas y descubiertas, dificultando el paso a través de esa pared.

Los cinco se agacharon para pasar a través del muro de uno en uno. Primero lo hizo Nwot, seguido de Town y de Pepe, que al pasar se enganchó una de las perneras del pantalón con una de las varillas oxidadas; al tirar del vaquero para desengancharse, acabó rasgando la parte baja de la pierna derecha de su pantalón.

—¡Nooooo! Eran mis pantalones favoritos —dijo cogiendo de la mano a Town, que le ayudó a levantarse.

Una vez que Inuya y GG pasaron, sin mayor dificultad, y todos habían cruzado, iluminaron con las linternas y la lámpara de aceite un pasillo de unos diez metros de largo, sin ninguna puerta a los lados, lleno de cascotes que se habían desprendido del techo; en el fondo, vieron unas nuevas escaleras que conducían al tercer piso.

—¡Ya casi lo tenemos! —exclamó Nwot sonriendo; había explorado gran parte del primer piso y algo del segundo, pero nunca había encontrado las escaleras para subir a la tercera planta.

—Bueno, nosotros aún no hemos encontrado la llave —respondió Inuya, algo frustrado.

—No perdáis la fe, seguro que estáis más cerca de lo que os pensáis —contestó Nwot aún con una sonrisa en sus labios.

—Ojalá —murmuró Inuya.

Sorteando los escombros llegaron a las escaleras que subían al último piso de la fábrica, algunos peldaños estaban hundidos o dañados, pero lentamente y con cuidado los subieron uno a uno hasta llegar al tercer piso. Allí, un pasillo los obligaba a girar a la izquierda; observaron al fondo una nueva habitación; a mitad de camino, entre la oscuridad, se podía distinguir una bifurcación con una nueva ruta. Los cinco se acercaron a la puerta en el fondo del pasillo; era un almacén lleno de cajas. Empezaron a abrir todas y cada una de ellas. Algunas estaban llenas de panfletos de la muñeca Darky, como el que habían visto en la recepción; otras contenían piezas de plástico que pertenecerían a algún juguete. No encontraron nada, ni llave ni muñeca.

—Este no es el almacén que buscamos —murmuró Nwot.

—¿Cómo puede ser que esté todo el edificio lleno de cosas? —se preguntó Pepe.

—Es lo que tiene abandonar el lugar deprisa y corriendo —le replicó Nwot—. Vamos, hay que continuar.

Los cinco salieron del almacén y pusieron rumbo a la bifurcación que habían dejado atrás. Una vez enfrente de ella, la iluminaron y vieron algo extraño: era un pasillo, pero, en lugar de ser como el resto que habían visto, consistía en una plataforma metálica de unos dos metros de largo, con barandillas a los lados y sin ningún tipo de pared a su alrededor, suspendida sobre lo que podría ser un patio interior de unos ocho metros de altura y cubierta por un techo acristalado a varios metros, que dejaba pasar una tenue luz de luna por los vidrios llenos de mugre. GG e Inuya iluminaron el fondo de aquella pasarela y pudieron ver que conectaba con una nueva puerta.

—Estoy agotado —dijo GG.

—Hay que seguir, no hemos hecho todo este camino para nada —le respondió.

Nwot empezó a dar pequeños pasos sobre la plataforma, que tembló haciendo ruido cada vez que avanzaba.

—La pasarela parece muy débil —dijo Town, preocupado.

Finalmente, lograron pasar al otro lado de la superficie metálica; al abrir la puerta, encontraron un pequeño almacén de no más de diez metros cuadrados; sin embargo, a diferencia del anterior, las estanterías que rodeaban sus paredes estaban llenas de cajas de la muñeca Darky.

—¡¡¡Sí!!! ¡Las he encontrado! ¡Las he encontrado! —gritó Nwot, que no pudo evitar que se le escaparan unas lágrimas.

Se acercó a las cajas de las muñecas; algunas estaban llenas de moho, otras estaban mordisqueadas por algún animal. Empezó a apartar las Darkys estropeadas y las dejó caer al suelo hasta que encontró una repleta de polvo pero en buen estado.

—Aquí está, seguro que pone feliz a mi niña —murmuró.

Al tiempo, los cuatro chicos también removían las cajas de muñecas, intentando encontrar la llave. Sin embargo, a pesar de que estuvieron buscando un buen rato, no encontraron nada.

—Maldición, tampoco está aquí —se quejó Pepe.

—¿Y si nos hemos equivocado de lugar? —preguntó GG, dudoso.

—No puede ser, estoy seguro de que el mapa indicaba que era aquí —respondió Inuya.

—Bueno, el mapa no indicaba ningún sitio concreto —dijo Pepe.

—Por aquí no hay más puertas o caminos; seguro que hay algo que se nos ha pasado por alto —contestó Town, al tiempo que pensaba el camino que habían seguido, por si se les había pasado algo por alto.

—Chicos, creo que deberíamos volver al campamento del primer piso. Descansemos unas horas y volvamos a recorrer este lugar con los ojos frescos y la luz del día —propuso Nwot.

A todos les pareció buena idea.

Cuando salieron del almacén, Inuya, GG y Pepe fueron los primeros en cruzar el puente; Nwot, junto a la puerta del almacén, seguía mirando las estanterías llenas de Darkys.

—¿Está todo bien? —le preguntó Town mientras se acercaba a Nwot y dejaba que sus compañeros se alejaran por el puente metálico.

—Sí, solo es que me da pena ver tantas muñecas rotas —le respondió Nwot girándose hacia él.

—Al menos tienes una en buen estado —le replicó Town sonriendo.

—Eso es verdad —dijo Nwot.

—¡¡Vamos, chicos!! —gritó Pepe, que ya estaba al otro lado del puente junto a Inuya y GG.

Nwot y Town se disponían a cruzar la pasarela cuando, de repente, el techo acristalado de la fábrica se vino abajo dejando caer grandes placas de vidrio junto a vigas de metal que golpearon el puente de tal manera que acabaron partiéndolo en dos trozos separados por tres metros de distancia.

Los cinco se quedaron paralizados.

—¡¡Cuidado, chicos!! —gritó Inuya mientras los últimos escombros chocaban contra el suelo del patio interior muchos metros más abajo.

—¿Qué acaba de pasar? —dijo Town en *shock* mientras miraba el hueco entre las dos partes de la pasarela.

—¡No! No voy a dejar que esto me separe de mi hija —soltó Nwot, que se volvió hacia Town—. Hay que saltar —dijo rotundamente.

—Pero ¡¿qué dices?! ¿Has visto la caída que hay? —exclamó Town, alterado por lo que acababa de pasar.

—¿Y qué propones? ¿Que nos quedemos aquí atrapados hasta morir de hambre o hasta que se nos caiga otro cascote del techo encima? —le replicó Nwot.

—Seguro que podemos encontrar una tabla de madera o algo que haga de puente. Y si nosotros no podemos, seguro que ellos lo encuentran —contestó Town señalando a sus compañeros.

—¡No! —se negó Nwot, con tal contundencia que Town se estremeció—. Hemos de salir de aquí ya, nadie nos garantiza que este techo sea seguro. Town, no te conozco mucho, pero sé que puedes hacerlo. Has llegado hasta aquí, solo tienes que saltar. Vamos, coge carrerilla y lo lograrás —añadió, más tranquilo y con una sonrisa.

Town cerró los ojos y respiró profundamente, intentando reunir el coraje suficiente.

—Cuando estés al otro lado, te lanzaré la muñeca y saltaré —dijo Nwot, poniéndole una mano en el hombro.

—De acuerdo —dijo Town mientras se acercaba al extremo donde se había roto el puente.

—¡Chicos! ¡Voy a saltar! —les gritó a sus compañeros del otro lado.

—¿Estás seguro? —le respondió Pepe también gritando, pero Town no le escuchó.

Justo cuando su compañero acabó de hablar, retrocedió unos pasos y tomó carrerilla; cuando estuvo en el extremo de la pasarela rota, saltó con tal empuje que, cuando llegó a la otra parte, no pudo parar y acabó chocando con Pepe, que se encontraba en mitad de su trayectoria.

—¡Estás loco! —le gritó Pepe mientras le sujetaba con las manos, que había puesto por delante para evitar que le tirase al suelo.

En el otro lado de la pasarela, Nwot se acercó al extremo de su parte.

—¡Voy a lanzar la muñeca, agarradla! —gritó, y la caja voló de una parte del puente a la otra hasta llegar a los brazos de Town.

Una vez que Nwot vio que sus compañeros tenían el juguete a salvo, cogió carrerilla y saltó el puente.

—No os negaré que no estaba seguro de si lo conseguiría —jadeó por el esfuerzo.

—Pensaba que iba a morir —dijo Town, que aún seguía con la respiración agitada.

—Os podríais haber matado —les reprochó Pepe—. Venga, volvamos al campamento.

Los cinco deshicieron el camino que habían recorrido hasta llegar a la habitación del primer piso donde Nwot les había dado de comer horas antes. Una vez allí, volvió a ofrecerles unas botellas de agua y unas barritas energéticas que no tardaron en comerse.

—Si no os molesta dormir apretados, podéis hacerlo dentro de mi tienda de campaña —les ofreció Nwot.

—¿Y si se cae el techo mientras dormimos? —preguntó Pepe, que no veía claro eso de dormir en un edificio en ruinas.

—Si queréis, puedo hacer guardia mientras vosotros descansáis. Yo aún estoy fresco, y vosotros no tenéis buena cara —le respondió, fijándose en las caras de los chicos, agotados por el cansancio.

Todos estuvieron de acuerdo y apenas tardaron en quedarse dormidos. Nwot aprovechó para sacar una libreta y un bolígrafo de su mochila y empezar a escribir. Luego arrancó cuidadosamente la página, tratando de no hacer ruido, se puso en pie, guardó la libreta y el boli en la mochila, que se colgó a la espalda. Agarró la muñeca Darky con una mano y dejó una nota junto a la entrada de la tienda de campaña; sobre ella, un objeto brillante que se sacó del bolsillo del pantalón. Luego abandonó la habitación y la fábrica.

8

Un regalo

Un gran estruendo despertó a los chicos; parecía que alguna parte de la fábrica se había derrumbado, no muy lejos de donde estaban.

—¿Habéis oído eso? —dijo Pepe, que se incorporó, asustado y respirando entrecortadamente.

—Hay que salir de aquí ya. ¿Dónde están las linternas? —preguntó Town, también alerta.

—Chicos, ¿qué ha sido eso? —preguntó GG mientras abría lentamente los ojos en la oscuridad del interior de la tienda de campaña.

—GG, las linternas: enciéndelas y salgamos de aquí. Esto se viene abajo —dijo Pepe.

GG obedeció y el lugar se llenó de luz.

—Vámonos, rápido —insistió Pepe mientras abría la cremallera que cerraba la puerta de la tienda.

—Inuya sigue dormido —le respondió Town mirando al chico de la boina granate.

—Despierta, Inuya —dijo GG mientras le zarandeaba levemente.

—¿Qué hacéis? Dejadme dormir solo unos minutitos más —murmuró Inuya sin apenas abrir los ojos.

—Si quieres morir aquí, sigue durmiendo, pero yo me voy —le replicó Pepe con un tono de voz que resonó por toda la estancia mientras salía al exterior de la tienda.

—Creo que no ha escuchado el estruendo —bromeó GG mientras le apuntaba con la linterna a los ojos.

—No queréis dejarme dormir, ¿eh? Oye, que ayer fue un día muy duro —replicó Inuya mientras se protegía de la luz poniéndose la mano sobre los ojos y empezaba a incorporarse.

—Creemos que este sitio puede derrumbarse en cualquier momento. Levántate y salgamos de aquí ahora que podemos —dijo Town mientras salía de la tienda.

GG lo siguió; al cabo de unos segundos, Inuya también lo hizo, algo confuso por lo que le estaban diciendo sus compañeros.

—Esta habitación parece firme. Y creo que el camino que lleva al recibidor está en buen estado —afirmó Pepe, que miró a través de la apertura de la puerta de salida de la habitación.

Los cuatro salieron de la sala. Quien iba delante era Pepe, que trazó el camino hacia el exterior de la fábrica, seguido de GG e Inuya. Town los siguió, pero, antes de abandonar la habitación con la poca luz que entraba desde el pasillo iluminado por las linternas de sus compañeros, vio que, junto a la entrada a la tienda, había una nota arrugada y pisoteada. A unos centímetros de ella, vio una cosa brillante. Cuando se acercó, comprobó que era una llave.

—¡Town, no seas tú el que se queda atrás ahora! —gritó Pepe desde el pasillo.

Al escuchar la voz de su compañero, Town salió de su ensimismamiento, cogió los dos objetos y se los guardó en el bolsillo del pantalón, donde aún tenía algunas de las piedras del día anterior.

Los cuatro caminaron rápidamente hasta llegar al recibidor donde hacía unas horas habían encontrado a Nwot. Lo empezaron a cruzar; cuando estaban cerca del final, escucharon que una parte del techo crujía. Al girarse para buscar de dónde procedía exactamente ese sonido, vieron cómo un trozo se desplomaba sobre el mostrador de la sala, enterrándolo entre trozos de hormigón y escayola. Asustados ante la posibilidad de que toda la recepción se viniese abajo, corrieron hacia la puerta de salida, que continuaba abierta, y siguieron corriendo unos metros más fuera hasta sentirse a salvo.

—Ha faltado poco —dijo Town, jadeando por la carrera.

—E Inuya quería dormir más —añadió Pepe mirando a su compañero.

—Suelo tener un sueño muy profundo —le respondió Inuya entre risas.

—Casi un sueño mortal —replicó Pepe.

Town sacó la llave del bolsillo y la miró haciéndola rodar entre los dedos. Era una llave dorada y antigua, con el agarre en forma de trébol.

—Town, ¿¡has encontrado la llave!? —gritó GG, que, al verla, se acercó a toda velocidad.

Pepe e Inuya se giraron al oír el grito y se acercaron a Town.

—¡Es la llave! Estoy seguro —exclamó GG, emocionado mientras sacaba la que habían conseguido en la pizzería y la ponía junto a la de Town.

—Los agarres son iguales. No hay duda: es la llave que estábamos buscando —dijo Inuya.

—¿De dónde la has sacado? —preguntó Pepe mientras seguía mirando las dos llaves.

—Estaba junto a la entrada de la tienda, al lado de esta nota —respondió mientras sacaba el papel arrugado de su bolsillo.

—¡¡¡Nwot!!! —exclamaron todos a la vez.

—Por eso no estaba cuando nos hemos despertado —dijo GG.

—Suerte que nos había prometido montar guardia mientras dormíamos —añadió Pepe, molesto.

—Igual pasó algo mientras dormíamos —dijo Town, antes de empezar a leer la nota en voz alta.

Para Town, Inuya, GG y Pepe:

En primer lugar, gracias, gracias por acompañarme a encoNtrar la muñeca para mi hija; estos tiempos sOn peligrosos y cuando entras en edificios como este nunca sabes lo que te vas a encontrar O lo que te puede paSar. El hecho de que seamos cinco me ha permitido explorar la fábrica mucho más rápido de lo previsto y podré volver a mi casa (o lo que queda de ella) y hacer Feliz a mI niña.

En segundo lugar, quiEro pedIros perdón, perdón por irme sin avisar (nunca he sido muy bueno con las despedidas), pero no podía perder más tiempo (ya sabéis que cada hora cuenta). También quería pediroS perdón por ocultaros algo. Cuando entré en la fábrica, escudriñé el mostrador De la recepción y encontré la llave que está junto a esta nota. La agarré porque pEnsaba que serviría para abrir alguna puerta, pero cuando llegasteis y hablasteis sobre vuestra búsqueda y mostrasteis la llave con el trébol, sabía que esta era la que yo teNía, pero preferí guardarme el secreto porque me preocupabA que si os lo Decía no me ayudaseIs a buscar la muñeca. Espero que podáis pErdonar ese pequeño detalle y que os sea útil ahora que ya lo tenéis.

Os deseo suerte y seguridad.

NWOT

—Por mucha prisa que tuviera, podría habernos despertado y avisado —dijo Pepe, aún molesto.

—Era un buen hombre, solo quería reunirse con su hija; además, ahora tenemos la llave —respondió Town intentando disculpar a Nwot.

—Como suele decirse: todo va bien si acaba bien —añadió Inuya.

—Pero esto aún no ha acabado, falta encontrar dos llaves y salir de este lugar, sea lo que sea —le espetó Pepe.

—Chicos, tengo una idea —los interrumpió GG.

—¿Qué se te ha ocurrido? —le preguntó Town.

—¿Y si volvemos a la casa del inicio y probamos las llaves? Tal vez podamos abrir todas las cerraduras con la misma —propuso GG.

Para Town, Inuya, GG y Pepe:

En primer lugar, gracias, gracias por acompañarme a encoNtrar la
muñeca para mi hija, estos tiempos sOn peligrosos y cuando entras en
edificios como este, nunca sabes lo que te vas a encontrar O lo que te
puede paSar. El hecho de que seamos cinco me ha permitido explorar la
fábrica mucho más rápido de lo previsto y podré volver a mi casa (o lo
que queda de ella) y hacer Feliz a mI niña.

En segundo lugar, quiEro pedIros perdón por irme sin avisar
(nunca he sido muy bueno con las despedidas), pero no podía perder
más tiempo (ya sabéis que cada hora cuenta). También quería pediroS
perdón por ocultaros algo. Cuando entré en la fábrica, escudriñé el
mostrador De la recepción y encontré la llave que está junto a esta nota.
La agarré porque pEnsaba que serviría para abrir alguna puerta, pero
cuando llegasteis y hablasteis sobre vuestra búsqueda y mostrasteis la
llave con el trébol, sabía que esta era la que yo teNía, pero preferí
guardarme el secreto porque me preocupabA que si os lo Decía no me
ayudaseIs a buscar la muñeca. Espero que podáis pErdornar ese
pequeño detalle y que os sea útil ahora que ya la tenéis.

Os deseo suerte y seguridad.

Nwot.

—¿Os imagináis que ahora no sirve ninguna? —bromeó Inuya mientras soltaba una risita.

—No digas eso ni en broma —le respondió Pepe.

Los cuatro estuvieron de acuerdo: querían cerciorarse de que las llaves que habían encontrado eran las correctas. Al fin y al cabo, no sabían qué forma o color debía tener el objeto que abriera las cuatro cerraduras que protegían el botón rojo, y les aterraba que la broma de Inuya se convirtiera en realidad.

—¿Hacia dónde debe estar la casa de la luz roja? —le preguntó Town al grupo.

—Aún no es mediodía, por lo que el sol no ha llegado a su punto más alto. Si nosotros estamos en algún lugar al oeste de la casa, hemos de caminar hacia donde ha salido el sol, hacia el este, y así seguro que acabamos viendo aquel punto rojo tan brillante —explicó Inuya.

—Cómo controlas el orientarte con los mapas y el sol —dijo GG mirando a su compañero.

—Me encanta navegar, y en el mar, si no tienes GPS, pocos puntos de referencia encuentras —bromeó Inuya—. Aunque, bueno, luego, en los videojuegos, siempre me pierdo —continuó entre risas.

Echaron a caminar en la dirección por donde nacía el sol, atravesaron las ruinas que habían visto a su llegada a la fábrica y, cuando se alejaron de ellas unos cientos de metros, volvieron a encontrar el suelo de tierra seca y agrietada sin ningún tipo de vegetación: estaban en el buen camino. Avanzaron bajo un sol que les proporcionaba el calor suficiente para no pasar frío.

—Tengamos bien abiertos los ojos: hemos de encontrar en el horizonte algún punto rojo brillante —dijo Pepe, que rompió el silencio que ya hacía un buen rato que se había formado.

—Mis ojos «de elfo» no ven nada —le respondió Inuya con cierta ironía mientras entrecerraba los párpados para intentar ver mejor.

—Yo tampoco veo nada —añadió GG.

El grupo continuó caminando más de media hora en línea recta hasta que a Town le pareció ver algo extraño en el horizonte.

—¡Chicos! Veo algo allí al fondo —dijo señalando con su dedo índice hacia el noreste.

—Parece que es la luz roja, y lo de abajo negro debe de ser la casa —afirmó GG con cierta emoción por tener un lugar claro y concreto al que dirigirse.

—Vamos, rápido: cuanto antes lleguemos, antes podremos ver si lo que hemos encontrado sirve para algo —intervino Pepe, poniéndose a caminar mucho más rápido y dejando unos metros atrás a sus compañeros.

Los cuatro siguieron avanzando hasta que tuvieron la casa a pocos metros; aunque apenas habían dormido una noche allí, tuvieron una sensación familiar cuando estuvieron frente a ella. Era el primer lugar que habían visto en este nuevo mundo, el lugar donde se habían conocido y que esperaban los llevara de vuelta a la realidad.

Todo parecía estar tal como lo dejaron al irse. La puerta de madera oscura como el carbón seguía abierta. Cuando entraron, pudieron volver a ver la mesa con ese botón rojo custodiado por las cuatro cerraduras.

—GG, Town, sacad las llaves, vamos a probarlas —dijo Pepe, metiéndoles prisa a sus compañeros para que actuaran.

—No sabéis las ganas que tengo de salir de aquí —añadió mientras Town y GG, ya con las llaves en la mano, se pusieron frente a la mesa.

GG fue el primero en colocar su llave en la cerradura de la parte superior izquierda de la caja: entró sin ninguna dificultad. Todos suspiraron aliviados; sin embargo, cuando intentó girarla, no pudo. Aunque iba rotando la llave de lado a lado, no logró nada. No era la llave correcta.

—No puede ser, esto no gira —dijo GG, frustrado.

—Pero si estaban donde ponía el mapa. Tienen que funcionar —dijo Town, viendo cómo su compañero no lograba desbloquear la primera cerradura.

—¿Y si probamos la llave en otra? Tal vez abra la de arriba a la derecha o alguna de las de debajo de la caja —dijo Inuya, que se negaba a aceptar que todo hubiera sido en balde.

—Buena idea —le respondió GG mientras probaba la llave en la otra cerradura de la parte superior.

Entró sin problemas, pero, al tratar de girarla, nada, tampoco era la correcta. Hizo lo mismo con la entrada situada abajo a la izquierda, pero tampoco. Aquello los desesperó. Esas llaves y el mapa eran la única pista que tenían para salir de ese mundo; todo parecía estar desmoronándose ante ellos.

GG probó la llave en la última cerradura que

quedaba; esta vez, al girarla, oyeron un clac: había funcionado.

—¡¡¡Vamoooooos!!! —gritó Inuya.

Los cuatro se abrazaron, radiantes. Ahora ya sabían lo que buscaban: llaves con la empuñadura en forma de trébol. Pero no solo era eso, también estaban seguros de que la información del mapa era correcta.

—Ahora tú, Town —le dijo Pepe a su compañero, que al instante se puso frente al botón rojo e introdujo la llave dorada en la primera cerradura en la que lo había hecho GG unos minutos antes.

No funcionó. Volvió a intentarlo en la que estaba ubicada en la esquina superior derecha; en esta ocasión, volvió a sonar un clac.

—Buena, Town —dijo GG con una sonrisa en los labios.

—Ahora que ya sabemos que funcionan, saquémoslas y volvamos a guardarlas. Si hemos de irnos de aquí en busca de las que faltan..., podría venir alguien y robarlas —afirmó Pepe.

Todos se mostraron de acuerdo; sin embargo, cuando trataron de girar la llave para poder retirarla, comprobaron que no se movía. Las llaves se habían quedado bloqueadas.

—No me toméis el pelo, vamos. Tenemos que encontrar las que faltan —dijo Pepe, muy serio.

—No es ninguna broma, la llave no se mueve. Creo que no las podremos sacar —le respondió Town, preocupado.

—No puede ser... —suspiró Pepe.

—En realidad, da igual que no podamos sacarlas —dijo Inuya desde uno de los extremos de la mesa—. Si nosotros no podemos sacarlas, nadie que lo intente podrá hacerlo, por lo que, aunque nos vayamos, estarán seguras.

—Qué remedio… —dijo Pepe.

Inuya sacó el mapa que tenía guardado y lo puso encima de la mesa, junto al botón rojo.

—Ya solo nos quedan dos puntos marcados, uno totalmente al norte de aquí y el otro al noreste; creo que los dos están a la misma distancia de esta casa, más o menos. Pero yo creo que siempre será más fácil ir recto hacia el punto del norte que ir en diagonal hacia el otro —dijo Inuya mientras señalaba los puntos del mapa donde debían de estar las otras llaves.

—Tiene sentido, aunque ¿nos convendría salir ahora y aprovechar las horas de sol que quedan, o esperarnos a mañana por la mañana, así tendremos todo el día por delante? —preguntó Town.

—Un buen amigo mío siempre dice: todo cuanto antes mejor, siempre —respondió Inuya.

—Pues vámonos ya, ¿no? —añadió GG.

—Sí, cuanto antes las consigamos, antes nos iremos de aquí —dijo Pepe.

—La puerta está mirando al oeste: esta vez hemos de tomar como referencia el lateral de la casa, para ir en esa dirección —dijo Inuya, señalando una de las paredes laterales del edificio.

Los chicos salieron por la puerta al cabo de poco y caminaron hasta la pared que había señalado Inuya. Una vez allí iniciaron su camino hacia el norte, donde esperaban encontrar la tercera llave.

9

El manicomio

El sol estaba a punto de ponerse y los chicos seguían su camino en busca del lugar que indicaba el extraño mapa que los había hecho recorrer la pizzería y la fábrica de juguetes. En esta ocasión, tras caminar un par de horas desde la casa de madera oscura, el suelo seco y agrietado había dado paso a un terreno irregular, lleno de subidas y bajadas formadas por montículos de tierra que dificultaban su recorrido. La tierra había pasado de estar yerma a cubrirse por un fino manto de pasto verde.

—Nos está alcanzando la noche en medio de… la nada. Hemos de encontrar algún sitio donde refugiarnos —dijo Pepe, preocupado.

—Puede que no fuera tan buena idea salir a buscar la llave con el día tan avanzado —replicó Town, que miraba al horizonte, donde los últimos rayos de sol teñían el cielo de un naranja intenso.

—Llevamos varias horas caminando. No debemos de estar lejos. Si nos desviamos ahora, quién sabe dónde podríamos acabar —intervino Inuya.

—Además, no hemos visto a nadie mientras veníamos. Ningún animal, ninguna persona. No creo que la noche sea tan peligrosa —dijo GG con cierta seguridad en sí mismo.

—Tampoco hemos pasado ninguna noche a la intemperie para comprobarlo —le contestó Pepe.

Volvió a hacerse el silencio entre los cuatro. Pepe tenía razón: no sabían si de noche, en ese mundo, podía aparecer alguien o algo que quisiera hacerles daño, y tampoco era buena idea quedarse a comprobarlo. Así pues, decidieron acelerar el paso. Cuando el último atisbo de día desapareció y todo quedó bañado por la luz de la luna llena, observaron que a lo lejos se podían ver unas luces blancas muy extrañas: se encendían, se apagaban, parpadeaban.

—¿Qué es eso? —preguntó GG señalando las luces.

—Por el parpadeo, parece un faro. ¿Habremos llegado a la costa? —respondió Inuya, algo extrañado.

—No, parece otro tipo de edificio, pero no entiendo por qué se apagan y encienden las luces así —dijo Town, incapaz de identificar aquella estructura, que parecía alta y alargada.

—Quizá nos han visto y nos están haciendo señales para que nos acerquemos —sugirió Pepe.

Caminaron hacia el lugar de donde procedía la luz; conforme se acercaban, vieron una construcción de dos plantas con algo más de veinte metros de longitud y rodeada por un muro enorme con una única entrada, custodiada por una puerta formada por barrotes metálicos que estaba entreabierta. Para cuando los cuatro estuvieron frente a ella, las luces ya no parpadeaban y se mantenían encendidas dejando ver un imponente edificio que les recordó a una especie de hospital antiguo.

—¿No os extraña que encontremos edificios tan grandes así porque sí, sin nada alrededor? —preguntó Pepe.

—Aquí nada es muy normal —le respondió Town.

—Tienes razón. Entremos, esa puerta está abierta —dijo Pepe, mientras señalaba el acceso a través del muro.

Los cuatro atravesaron la puerta metálica y pudieron ver un gran jardín descuidado donde las malas hierbas habían crecido a sus anchas. En un lateral, cerca del muro, había una fuente de piedra que algún día debía de haber tenido agua, pero que ahora estaba cubierta por una espesa capa de musgo; enfrente de ellos, a unos veinte metros, el majestuoso edificio de dos pisos repleto de enredaderas que recorrían las paredes ahora grises, pero que debieron de ser blancas en el pasado, formaban caminos verdes iluminados por la luz que salía a través de los cristales de las ventanas.

Cuando estuvieron apenas a cinco metros de la puerta de entrada, un escalofrío les recorrió el cuerpo.

—¿Quién vivirá aquí? —se preguntó Pepe.

—Solo hay una forma de comprobarlo —respondió Inuya mientras empujaba la puerta, que, aunque parecía cerrada, se abrió sin dificultad al primer empujón, dejando ver una modesta recepción con la pared de la derecha llena de taquillas de más de dos metros de altura abiertas y oxidadas, una mesa de madera carcomida a modo de mostrador y, junto a ella, un par de sillas rotas y tumbadas en el suelo.

En el fondo había una pared con una abertura donde debería de haber una puerta, pero ahora simplemente era un agujero que daba acceso a un pasillo.

—Pero ¡¿qué haces?! ¿No deberíamos llamar primero? —reaccionó Pepe al ver lo que hacía su compañero.

Un chirrido enmudeció la conversación: parecían puertas que se abrían y que a los pocos segundos se cerraban de golpe.

—¡Hola! ¿¡Hay alguien ahí!? —dijo Pepe mientras entraba en la casa, seguido por el resto.

Nadie respondió. Sin embargo, cuando GG, que iba el último, entró, la puerta se cerró sola con un gran estruendo; las luces de toda la casa empezaron a parpadear.

—Rápido, escondeos en las taquillas —gritó la voz de un hombre que salió corriendo por el agujero de la recepción y se metió en una taquilla que cerró de inmediato.

Los chicos no supieron cómo reaccionar, embobados por lo que acababan de ver.

—¡¡Meteos en las taquillas, ya!! ¡¡Os acabará atrapando!! —gritó el tipo desde dentro de la taquilla, aún más fuerte.

Los cuatro chicos se movieron instintivamente: no sabían de qué ni por qué se tenían que esconder, pero recordaron los robots de la pizzería y obedecieron; corrieron a las taquillas que había en la recepción, se encerraron y se quedaron en silencio, observando el exterior por las rendijas de la caja metálica donde se encontraban escondidos.

Unos segundos después, empezaron a oír golpes en las paredes y en el suelo. Primero se escuchaban lejos, pero el sonido se fue haciendo cada vez más fuerte: alguien o algo se acercaba a ellos. De repente vieron que la mesa carcomida de la recepción se partía en dos con un estruendo brutal, levantando una gran nube de polvo que hizo que más de uno quisiera toser; sin embargo, el miedo logró que se contuvieran. Los golpes siguieron por las paredes; incluso la taquilla junto a la que se escondía GG recibió uno de los golpes, dejándola abollada. Los chicos observaban a través de las rendijas lo que estaba sucediendo, intentando averiguar qué era esa cosa que estaba destruyendo la sala, pero apenas podían distinguir una sombra deforme que aparecía un segundo y desaparecía al siguiente, al mismo ritmo que la luz parpadeaba.

Pasaron varios minutos en los que todos sintieron una gran presión en el estómago: era miedo, miedo a que en cualquier momento la sombra golpeara su taquilla y los atrapara; a saber qué cosas les haría si eso pasaba. Sin embargo, cuando menos se lo esperaban, los impactos contra las paredes cesaron, la luz volvió a iluminar la sala entera sin apagarse y la calma inundó la estancia.

—Ya se ha ido, salid. Ahora es seguro —dijo el hombre de antes con una voz casi idéntica a la de Pepe.

Cuando los cuatro chicos salieron de las taquillas, vieron a un hombre que debía de rondar los treinta, de pelo muy corto, casi rapado, con barba de un par de días y vestido con una camiseta blanca y unos pantalones vaqueros…, y que era exactamente igual a Pepe. Apenas podrían haberlos distinguido si no fuera porque Pepe llevaba una de las perneras de su pantalón rota.

—¡Hay dos Pepes! —exclamó GG.

—¿Cómo sabes mi nombre? —le respondió el tipo.

—¿Sois iguales y os llamáis igual? Esto es una cosa de locos. —Inuya se echó a reír.

—No me hace ninguna gracia. Tú, ¿por qué eres igual que yo? —dijo Pepe, dominado por la rabia.

—¿Y a mí qué me dices? Yo te podría preguntar lo mismo… Sin embargo, creo que ahora tenemos problemas más importantes que descubrir por qué somos iguales, ¿no os parece? El primero puede ser, por ejemplo, intentar salir de aquí sin que esa cosa nos mate —le replicó el nuevo Pepe.

—De acuerdo, pero lo llamamos «Pepe Dos», para no confundirnos entre nosotros —afirmó Pepe dirigiéndose a sus compañeros.

—Entonces mejor llamarle simplemente «Dos», es más corto —le contestó GG.

—¿Y por qué he de ser yo el dos? Bueno, mira, da igual: llamadme como os dé la gana. No sé si os habéis fijado en qué acaba de pasar —dijo Dos, frustrado por la actitud de esos cuatro chicos a los que les acababa de salvar la vida.

—¿Qué ha sido... lo que ha destrozado la mesa? —preguntó Town, que había estado callado y en *shock* desde que había salido de la taquilla; temblaba de miedo.

Dos miró a su alrededor, sonrió levemente y se acercó a Town.

—¿Crees en fantasmas? —le preguntó.

—Los fantasmas no existen, no digas tonterías —respondió Pepe.

—No existirán para ti, pero explícame cómo llamarías a lo que acabas de ver. Un ser al que solo se le ve como una sombra, que aparece y desaparece y que rompe todo lo que encuentra a su paso. Eso... es... un... fantasma —le contestó Dos.

—Ahí tiene razón —dijo Inuya.

—Creo que deberíamos irnos de aquí, no me gustan nada los fantasmas —apuntó GG con un tono que denotaba malestar.

—Pero hay que encontrar la llave, sin ella no podremos volver a nuestro mundo —le replicó Inuya.

—No es tan fácil escapar de este lugar —dijo Dos, interrumpiendo la conversación.

—Hace varios días aparecí aquí sin saber por qué. Al principio parecía una casa normal, algo sucia, pero normal. Había comida, luz, calefacción, pero cuando me quise dar cuenta, apareció eso que según tú no es un fantasma —continuó mientras miraba a Pepe.

»Y siempre que intento acercarme a la puerta

para salir, se bloquea y es imposible abrirla. También he intentado salir rompiendo una ventana, pero no sé de qué están hechas, porque, por mucho que las he golpeado, no se rompen —prosiguió Dos.

—¿Le has preguntado qué es lo que quiere? Puede que los golpes sean una forma de llamar la atención —dijo Inuya, curioso.

—No quiero arriesgarme, como comprenderás —respondió Dos.

Mientras Dos explicaba su historia, Town había ido hasta la puerta de entrada al edificio; tomando el pomo con una mano, intentaba abrir la puerta, pero sin lograrlo.

—Maldita sea, está bloqueada —murmuró Town.

—No vas a poder abrirla. Tengo la sensación de que el fantasma controla esa puerta —dijo Dos alzando la voz para que el *youtuber* le escuchara.

Town siguió intentándolo unos segundos más, pero al final se dio por vencido y regresó con sus compañeros.

—¿Y ahora qué podemos hacer? —preguntó GG, con algo de miedo en el cuerpo.

—Hay que encontrar la llave, para eso hemos venido, luego ya pensaremos en una forma de salir —le respondió Pepe.

—¿Una llave? —replicó Dos.

—Sí, una llave antigua, con la empuñadura en forma de trébol. ¿Has visto alguna así? —preguntó Inuya, con la esperanza de no tener que recorrer aquel edificio embrujado buscando el objeto.

—No, pero esto es enorme y apenas he podido

explorarlo. Me he atrincherado en una sala extraña en la que creo que ese fantasma no puede entrar. Eso y la cocina es lo poco que conozco de esta especie de manicomio —explicó Dos.

—Ya decía yo que parecía un hospital —murmuró Pepe—. ¿Cada cuánto suele atacar ese fantasma?

—Es aleatorio: igual está varias horas calmado como empieza a golpear todo cada pocos minutos. La señal es la luz parpadeante —le respondió Dos.

—¿Y la puerta siempre está bloqueada? —preguntó Town.

—No, eso también es aleatorio. Unas veces se abre, otras se cierra: hace lo mismo con la puerta de la sala donde me he refugiado, aunque siempre que me acerco a la salida la puerta se cierra de golpe —dijo Dos.

—¿Qué podemos hacer si vuelve a atacar? —preguntó GG, mientras miraba que la luz no parpadease de nuevo.

—Escondeos en algún lugar estrecho, un armario, estas taquillas, incluso debajo de una mesa o de una cama..., y rezad para que al fantasma no le dé por golpearla —contestó Dos.

La idea de que por mucho que se escondieran aquello podía no servir de nada les inquietó; sin embargo, en ese momento, Pepe decidió tomar la iniciativa y propuso ir a explorar en busca de la llave. A Dos no le interesaba mucho ayudarlos, pero Pepe le explicó que, cuanto antes encontraran lo que buscaban, antes se dedicarían a descubrir cómo salir de ese edificio. Además, si lo que quería era salir de aquel lugar, lo más inteligente que podía hacer era ayudarlos. Dos aceptó, aunque estaba algo molesto por cómo había intentado convencerlo.

Pepe propuso dividirse en dos grupos, el primero formado por Town, Inuya y GG; el segundo, por él mismo y Dos; al fin y al cabo, quería conocer más sobre ese hombre que era igualito a él. Una vez formados los equipos, se repartieron las plantas: el primer grupo exploraría el piso donde se encontraban, mientras el otro investigaría la segunda planta. Todos estuvieron de acuerdo.

Dos los acompañó a través del pasillo por el que había venido; allí nacían unas escaleras que conducían al segundo piso. Una vez allí, los dos grupos se separaron, aunque antes acordaron que volverían a reunirse en la recepción, ya fuera cuando el fantasma acabase su próximo ataque, ya fuera cuando saliera el sol, lo que sucediese antes.

Pepe y Dos subieron las escaleras y empezaron a buscar la llave en las distintas habitaciones de la planta; eran dormitorios compuestos por una cama —casi todas cubiertas de moho—, un escritorio carcomido, un armario polvoriento, en algunas ocasiones sillas de ruedas y algunas prendas de ropa u objetos de decoración tirados por el suelo. Cuando ya habían entrado a más de diez habitaciones, a Pepe volvieron a rugirle las tripas.

—¿Tienes hambre? —le preguntó Dos.

—Llevamos días de aquí para allá y apenas encontramos comida o bebida. No sé qué hacemos aquí ni quién nos ha metido en esta locura de mundo. Yo solo quiero volver a mi realidad, a mi día a día —respondió Pepe, apenas conteniendo toda la ira que sentía.

—Ven conmigo, cerca de aquí está mi refugio; allí tengo comida y podremos descansar unos minutos —dijo Dos con una sonrisa compasiva y poniendo una mano en el hombro de Pepe.

Recorrieron el pasillo de la segunda planta, al final del cual había una puerta lisa, metálica y abierta que daba paso a una habitación insonorizada y acolchada desde el suelo hasta el techo; en aquel cuarto, Dos había acumulado provisiones que había encontrado en la cocina del manicomio.

—Es como mi pequeño hogar —dijo mientras le mostraba a Pepe su refugio.

—¿Aquí no es donde encierran a los enfermos mentales para que no se hagan daño cuando tienen una crisis? —preguntó Pepe.

—Ni idea, pero es el único lugar donde el fantasma no puede entrar, o eso creo, aunque a veces es como si bloqueara la puerta, y no me deja pasar —respondió Dos.

La réplica de Pepe le ofreció algo de pan, que extrañamente estaba en buen estado, junto a un poco de agua.

—¿Y qué haces cuando bloquea la puerta? —preguntó Pepe dándole un mordisco al pan.

—Nada, esperar. Lo bueno es que, cuando está controlando la puerta, nunca ataca. Así que me quedo fuera hasta que se vuelva a abrir, aunque en ocasiones he tenido que estar varios días esperando —contestó Dos mostrando su frustración.

»Antes me has dicho que te sientes atrapado en este mundo. ¿Sabes?, te entiendo. Yo también me siento atrapado en esta casa, sin saber cómo he llegado hasta aquí y sin poder escapar de ella —continuó Dos.

—Seguro que, cuando encontremos la llave, entre los cinco se nos ocurrirá una forma de salir de aquí; luego podrás venir con nosotros. También aparecimos en este mundo de repente, pero pensamos que hemos dado con una forma de volver al lugar de donde venimos..., con las llaves que estamos buscando —dijo Pepe.

—Ojalá sea verdad todo lo que dices. Por cierto, perdón por cómo os he hablado cuando nos hemos conocido. Estar aquí me pone de los nervios —se disculpó Dos.

—Te entiendo. Perdóname a mí también si he sonado borde —dijo Pepe, que le ofreció la mano.

Encajaron las manos, sonrientes.

Pepe siguió comiéndose el pan y bebiendo agua hasta que, fuera de la sala donde estaban y a través de la puerta, Dos vio cómo se iba acercando una curiosa rata.

—Malditas ratas. Acaba de comer tranquilo, yo voy a asustar a ese bicho: si entra y se come las provisiones, tendremos un problema bastante grande —afirmó Dos mientras se levantaba y salía de la habitación pegando pisotones para que la rata retrocediese y se fuese por donde había venido.

En ese mismo momento, la luz del edificio empezó a parpadear: se venía un nuevo ataque.

—¡Pepe!, enciérrate en esa habitación, ahí no

puede entrar. Yo buscaré otro sitio —le gritó Dos a su compañero, que enseguida cerró la puerta del refugio.

Dos miró a su alrededor: lo que tenía más cerca era una de las habitaciones que aún no habían explorado. En todos los dormitorios que habían visto, había un armario, así que supuso que allí también habría uno. Abrió rápidamente la puerta de la nueva sala, vio el armario y se encerró dentro de él a toda prisa. Los golpes en las paredes empezaron a oírse tan fuerte que el edificio comenzó a temblar ligeramente; el fantasma estaba muy cerca de él. Esta vez no fue un ataque rápido: el estruendo duró más de cinco minutos que se hicieron eternos. Cuando la luz volvió a la normalidad, Dos salió del armario; cuando lo hizo, escuchó un sonido metálico cerca de sus pies: era una llave antigua, negra y con la empuñadura en forma de trébol de cuatro hojas.

—Puede que esto sea lo que estos chicos están buscando —murmuró para sí.

Tras coger la llave, volvió a la sala del refugio donde había dejado a Pepe; sin embargo, cuando intentó abrir la puerta, vio que esta seguía bloqueada.

—¡¡Pepe!! ¡¿Me oyes?! —dijo Dos mientras tiraba de la agarradera para intentar abrir.

Nadie le respondió.

En ese momento, se le ocurrió algo que antes no se le había pasado por la cabeza. Si el fantasma estaba bloqueando la puerta de su refugio, quizá la puerta de salida de la casa estuviera abierta; eso implicaba que tal vez pudiera escapar. Corrió hacia

la recepción, donde también estaban Town, GG e Inuya, que habían regresado después del ataque del fantasma.

—¡La puerta! ¡Probemos a abrir la puerta! —dijo Dos corriendo hacia la entrada.

Al llegar, tiró del pomo.

—¡Corred, salgamos de aquí! ¡Tengo buenas noticias! —les gritó a los otros chicos, que, aunque algo extrañados, siguieron al hombre que se parecía tanto a Pepe.

Una vez fuera de la casa, la puerta se cerró sola de golpe.

Dos, Town, GG e Inuya corrieron hasta salir de los muros del manicomio. Una vez allí, se detuvieron para recuperar el aliento mientras los primeros rayos del sol iluminaban todo cuanto había a su alrededor.

10

Un falso amigo

Todo había ocurrido tan rápido que ni Inuya, ni Town, ni GG tuvieron tiempo de reflexionar sobre qué estaba pasando. Solo tenían una cosa clara: habían logrado salir de la casa. En ese momento, Town miró al hombre que tanto se parecía a Pepe, pensando que en realidad era su compañero.

—Pepe, ¿dónde está Dos? ¿Sigue en la casa? —preguntó.

—Sí…, bueno… —dijo el clon del *youtuber*, pensando qué contarles.

Si sabían que el verdadero Pepe continuaba en el interior del manicomio, seguro que querrían volver a entrar, y no estaba dispuesto a arriesgarse a volver a quedar atrapado en ese siniestro lugar.

—¡Mirad qué he encontrado! —respondió, intentando desviar la atención de la pregunta que le había hecho Town.

—¡¡¡Es la llave!!! —gritaron Inuya y GG, emocionados.

—La encontré dentro de un armario —respondió Dos algo más tranquilo, pues nadie parecía sospechar quién era realmente.

—Ya solo queda una —afirmó GG, sonriendo.

—Y sabemos dónde está..., más o menos —añadió Inuya, titubeando.

Town siguió en silencio mientras sus compañeros celebraban el hallazgo de una nueva llave. Estaba alegre por la noticia, pero algo le inquietaba.

—Pepe, ¿y Dos? —insistió.

—Creo que... se ha quedado dentro... de nuevo. Nos separamos en el último ataque y no lo volví a ver —respondió Dos señalando la puerta de la casa.

—Deberíamos entrar a ayudarle; al fin y al cabo, él nos explicó cómo protegernos de los ataques —propuso Town al grupo.

—Si entramos, podemos quedar atrapados o morir. Yo no volvería a entrar. Además, tenemos la llave —respondió GG, que se había puesto a la defensiva solo de pensar en la posibilidad de volver a tener que esconderse del fantasma una y otra vez.

—¿Y si esa copia de Pepe era un cebo del fantasma para atraparnos? Es imposible que haya dos personas en el mundo exactamente iguales. ¡Hasta la ropa que llevaban era la misma! —dijo Inuya.

—Seguro que todo era una trampa —le apoyó GG.

De repente, Dos lo tuvo claro: asumiría el rol de Pepe en el grupo; a partir de ese momento, solo respondería a ese nombre, que, al fin y al cabo, también era su verdadero nombre. Decidió no dar más información sobre lo que había ocurrido en el segundo piso; además, el verdadero Pepe tenía provisiones para aguantar más de una semana encerrado allí, y... ¿quién sabía?, con un poco de suerte tal vez lograra engañar al fantasma y salir de ese lugar por sí mismo.

Los *youtubers* acabaron aceptando que la copia de Pepe que habían conocido en el interior del manicomio podía ser el mismo fantasma o algún otro ser paranormal. Así pues, la mejor opción era alejarse de esa zona y poner rumbo al lugar donde el mapa indicaba que estaba la cuarta y última llave.

—Estamos en la llave del norte, y la otra se encuentra al sureste de aquí. Tenemos que caminar ligeramente en diagonal. No parece estar muy lejos de aquí —dijo Inuya a sus compañeros mientras señalaba el destino en el mapa.

Los cuatro pusieron rumbo en la dirección que había indicado Inuya; cuando apenas llevaban un par de horas de trayecto, encontraron a su alrededor varios establos de madera de unos diez metros cuadrados cada uno y de una altura de unos cuatro metros; todos eran iguales, con ventanas en la parte más elevada de las paredes y una puerta del mismo material que el resto de la casa; estaba cerrada, pero sin ningún pestillo o mecanismo que impidiese abrirla. Conforme se fueron acercando a ellos, siguiendo la dirección sureste que los llevaría a su destino, empezaron a escuchar balidos saliendo de todas y cada una de aquellas construcciones.

—¡Ovejas! —exclamó GG al escuchar el sonido de los animales.

—O cabras, quién sabe —le respondió Pepe.

—Lo que está claro es que vacas no son —bromeó Inuya, que hizo reír al resto de sus compañeros.

Curiosos por descubrir qué había dentro de los cobertizos, el grupo se acercó al que tenían más cerca. Al abrir la puerta, vieron a cuatro cabras que no tendrían más de cuatro años de vida.

—¡Qué monas! —dijo GG nada más verlas.

—Monas no, son cabras —replicó Pepe, sacando una sonrisa a su compañero.

Estaban sueltas, sin ninguna atadura o barrera que les impidiese moverse libremente; una de las cabras se acercó a Inuya y empezó a mordisquearle el pantalón.

—Te está dando besitos —dijo Town.

En ese momento, el *youtuber* de boina granate se agachó y empezó a acariciar al animal.

—Hola, amiguito —dijo Inuya, que dejó de lado su ropa y empezó a mirar al *youtuber* que la estaba acariciando—. ¿Sabéis?, siempre he querido tener una cabra. Dicen que son animales muy inteligentes. Además, mi signo del zodiaco es capricornio, que también es una cabra —añadió.

—Chicos, creo que deberíamos continuar, no sabemos cuánto tiempo nos puede llevar —les dijo Town a sus compañeros.

—Tienes razón, pongámonos en marcha —le apoyó Pepe.

—Nos tenemos que ir. Espero que nos volvamos a ver, amiguito —le dijo Inuya a la cabra con la que había estado jugando hasta ese momento mientras le daba las últimas caricias.

El grupo salió del establo y retomó su camino. Atravesaron los demás cobertizos mientras oían una sinfonía de balidos a su paso. Cuando ya se habían alejado del primer establo, algo extrañó a Inuya: el sonido de una cabra se escuchaba especialmente cerca. Se giró y vio que una cabra los seguía de cerca…, pero es que no era cualquier cabra; tenía la sensación de que era el mismo animal con el que había estado jugando minutos antes.

—¡Pero a quién tenemos aquí! —dijo Inuya.

La cabra había empezado a dar saltitos tan pronto como se había dado cuenta de que la habían visto.

Todo el grupo se giró cuando escucharon las palabras de su compañero.

—Nos ha seguido —dijo GG, que también se acercó al animal.

—Deben de coger cariño muy rápido —le comentó Pepe a Town mientras sus compañeros acariciaban a la cabra unos pocos metros más adelante.

—Seguro. Los animales son maravillosos —respondió Town.

—Yo dejaría que nos acompañase si quiere —dijo Inuya.

Todos estuvieron de acuerdo: ver cómo aquel animal saltaba y balaba a su alrededor parecía proporcionarles algo de paz, y más después de lo que habían vivido.

Caminaron durante unos quince minutos rodeados de más y más establos; unos cientos de metros más adelante, donde parecía que se acababan aquellas construcciones, vieron una casa de estilo oriental.

—¡Mirad! Parece una casa —dijo GG señalando con su dedo índice la construcción.

—Ahí debe de vivir el dueño de todos estos establos —sugirió Town mirando en aquella dirección.

—Puede que la nueva llave se encuentre allí. Está en la dirección correcta —añadió Inuya.

«Beeee». La cabra baló, como si apoyara las palabras de Inuya.

Los cuatro se dirigieron hacia allí. Cuando estuvieron más cerca, pudieron ver que era una casa no muy grande construida enteramente con madera. Unas escaleras conectaban el suelo con un porche elevado de color rojo que rodeaba todo el edificio y que estaba flanqueado por varias columnas del mismo color, las cuales sostenían un techo negro de estilo oriental que recordaba a una pagoda japonesa.

—Cómo mola esta casa —dijo Inuya, impresionado por la construcción.

—Está increíble, pero también da un poco de yuyu. Hay muchas historias de miedo que ocurren en sitios como este —respondió Town.

—Creo que los fantasmas ya los hemos dejado atrás —bromeó GG.

Pepe se rio.

El grupo subió las escaleras que daban al porche y se situó junto a la puerta de acceso a la casa; era

una puerta corredera hecha de una madera pintada de rojo y de hojas de papel translúcido que impedían ver el interior.

—¡Muuuuy buenas! —dijo Inuya mientras corría la puerta hacia la derecha para abrirla.

—¡Muy malas! —le respondió desde el interior una voz llena de ira.

Mientras escuchaban ese desagradable recibimiento, vieron que el interior de la casa estaba en penumbra, solo iluminado por una serie de velas repartidas por diferentes partes, así como por la poca luz que se colaba a través del papel de las puertas. Era una única estancia de más de noventa metros cuadrados, llena de estanterías repletas de libros, huesos de animales y objetos extraños que no supieron identificar; no parecían guardar ningún orden: unas estaban a poco más de cuarenta centímetros de las siguientes, otras estaban en diagonal haciendo que quien las recorriese se encontrase un camino cada vez más y más estrecho. Parecía un extraño laberinto. Los aventureros pudieron ver, a través de la marabunta de muebles, que, en el lado izquierdo de la casa, junto a una de las paredes, había una pequeña zona de no más de cinco metros cuadrados donde había un hombre bien afeitado y completamente vestido de negro, desde las botas hasta una oscura boina de estilo militar, pasando por unos pantalones y una camisa de botones. Estaba sentado sobre una alfombra, rodeado de más velas y leyendo un libro de apariencia antigua.

—¿Se puede saber quiénes sois y qué hacéis interrumpiendo mis rituales? Aquí ya no debería de quedar nadie vivo —les gritó el hombre de boina negra, visiblemente enfadado.

—Creo que hace mucho que no sale de casa, porque ahí fuera hay como doscientas cabras repartidas por los corrales —le susurró Pepe a GG, que no pudo evitar soltar una carcajada.

—¿De qué os reís? ¿Creéis que no os puedo escuchar? ¡No me tratéis como un simple mortal! —gritó—. Soy Yagi, y esas cabras me pertenecen. Y sí, podéis bromear acerca de que aún están vivas, pero muy pronto dejarán de estarlo —añadió con rostro serio, mientras, con cuidado, dejaba el libro que tenía entre manos a un lado y se ponía en pie para acercarse a ellos—. Ahora, marchaos si no queréis acabar muertos —les espetó, ya al lado de la puerta, mirando fijamente a Inuya, que había sido el primero en entrar.

—No buscamos pelea —dijo Town, a la derecha de su compañero de boina granate.

—Eso es: solo buscamos una llave antigua con la empuñadura en forma de trébol —dijo Inuya.

«Beeeee», baló la cabra. Aquello llamó la atención de Yagi, que, al verla, sonrió levemente y cambió de actitud.

—Así que una llave, ¿eh? Creo que tengo un amuleto parecido a lo que estáis describiendo —respondió Yagi, que los invitó a pasar y los condujo a una mesa en el fondo de la estancia que no se podía ver desde la entrada.

Los chicos y su nueva mascota se colocaron alrededor del mueble. Yagi abrió un cajón del que sacó una llave antigua, roja y brillante como un rubí, con la empuñadura en forma de trébol de cuatro hojas.

—¿Es esto lo que buscáis? —preguntó.

—Exactamente eso —respondió Inuya, con una sonrisa de satisfacción, encantado con lo fácil que había sido dar con la llave en esta ocasión.

—¿Nos la prestarías unos días? —preguntó GG, que se acercó lentamente a la llave para mirarla lo más cerca posible.

—Depende —contestó Yagi, que cerró el puño, ocultando la llave en el interior de su mano.

—¿De qué depende? —preguntó Inuya, algo decepcionado: no iba a ser todo tan sencillo como se había empezado a imaginar.

—Tenía previsto llevar a cabo un ritual con esta llave; si me ayudáis con eso, es toda vuestra —respondió Yagi, que esbozó una sonrisa que pretendía parecer amable.

—Pero no se dañará la llave, ¿verdad? —preguntó Town, preocupado porque todo aquello resultara ser algún tipo de engaño.

—No os preocupéis: seguid mis indicaciones y todos conseguiremos lo que deseamos —intentó tranquilizarles Yagi mientras caminaba hacia la alfombra donde se encontraba cuando los cuatro chicos habían abierto la puerta.

Inuya, Town, GG, Pepe y la cabra, que desde que había entrado en la casa trataba de quedarse lo más alejada posible de aquel hombre, lo siguieron.

Cuando estuvieron junto a la alfombra, Yagi se sentó entre las decenas de velas que se concentraban en esa zona y les pidió si podían cerrar la puerta por la que habían entrado. Pepe atravesó el laberinto de estanterías que conducía a la salida para hacerlo. Cuando cerró, todo adquirió un aire más tenebroso; la tenue luz de las velas rebotaba en todos los objetos de la habitación, creando sombras de formas perturbadoras. Mientras Pepe regresaba con el grupo, Yagi puso la llave frente a él, cogió el libro que había dejado en el suelo y empezó a pasar páginas, buscando una en concreto; cuando la encontró, levantó la mirada y la fijó en Inuya, que sintió un escalofrío que le recorrió todo el cuerpo. Cuando intentó sostenerle la mirada, le pareció que los ojos de Yagi se tornaban de un color rojizo intenso.

—¿Podéis acercarme aquello de allí? —preguntó el extraño anfitrión señalando una daga enjoyada situada encima de una de las estanterías.

GG se acercó a ella, la agarró con cuidado, pero, antes de girarse para entregarla al hombre de la boina negra, se quedó unos segundos observándola. Siempre le habían gustado las armas de filo, y ese objeto le estaba provocando una extraña sensación de seguridad en un ambiente que se tornaba más y más siniestro con cada segundo que pasaba. Permaneció ensimismado hasta que Yagi reclamó de nuevo la daga, momento en el que volvió a la realidad y obedeció.

—Todos los objetos de esta casa tienen un enorme poder, tened cuidado cuando toquéis algo..., o lo lamentaréis —afirmó Yagi frunciendo el ceño mientras colocaba la daga a su derecha—. He visto que lleváis una cabra con vosotros —dijo Yagi volviendo a hablar con un tono más amable—. ¿Sabéis?, las cabras son unos animales muy especiales. En algunas culturas antiguas se creía que eran enviados de los dioses y que su presencia era señal de buena fortuna y prosperidad —prosiguió.

—Nos ha empezado a seguir mientras veníamos hacia aquí —respondió Inuya—. Es muy cariñosa, pero creo que no le gusta la oscuridad.

Se había fijado en que la cara de la cabra sobresalía del lateral de una de las estanterías, donde se estaba escondiendo.

—Cuando una cabra desarrolla sentimientos de afecto por una persona, la energía de su interior se multiplica. No hay nada que les haga sentir más vivas que el amor, en cualquiera de sus expresiones —dijo Yagi—. ¿Podéis acercármela? Me gustaría verla de cerca —preguntó con una voz demasiado amable, forzada.

Inuya se acercó al animal, que rápidamente comenzó a balar y a pegarse a las piernas del chico, que la empezó a acariciar.

—Ven, te voy a presentar a alguien —le susurró Inuya con una sonrisa—. Por cierto, cuando salgamos de aquí, te tengo que poner un nombre. ¿Qué te parece? —añadió, intentando levantarla, aunque sin demasiado éxito, pues la cabra pesaba más de lo que imaginaba.

Inuya siguió acariciando al animal mientras lo empujaba con suavidad para que se desplazara poco a poco hacia la alfombra donde estaba Yagi. Al final, logró dejarla delante del hombre.

—Qué animal más bonito —dijo Yagi, que acercó la mano izquierda hacia la cabra.

Sin embargo, cuando estaba a escasos diez centímetros, la cabra le agarró con la boca dos dedos y le mordió con tanta fuerza que el hombre empezó a sangrar.

—¡¡¡Maldito bicho!!! —gritó Yagi mientras cogía el cuello de la cabra con su mano derecha para forzar que soltara la otra mano.

Cuando se liberó de los dientes del animal, agarró con la extremidad ensangrentada la daga y se puso en pie. Entonces, con una fuerza sobrehumana, levantó el cuerpo de la cabra.

—Hace años que crío todas las cabras que viven alrededor de esta casa, pero nunca había logrado que me tuvieran afecto, todas eran ariscas conmigo, que soy el único ser que han conocido que no fuera otra cabra. Pero vosotros habéis logrado que este bicho os tenga cariño y, gracias a eso, está listo para que pueda sacrificarlo y aprovechar su poder —dijo Yagi con un tono de voz grave y contundente, al tiempo que acercaba al cuello del animal la daga que le había traído GG.

Los cuatro se quedaron de piedra; primero habían pensado en la posibilidad de que ese hombre misterioso pudiera estar loco, pero es que ahora estaban seguros de ello. Cuando el filo de la daga quedó a pocos centímetros de la cabra, Inuya reaccionó: no iba a permitir que la matara. Así pues, se lanzó contra él. Yagi, Inuya y la cabra cayeron al suelo y el animal se libró del agarre del hombre de la boina negra al tiempo que

hacía caer varias velas, que prendieron fuego en la alfombra.

—Parece que tú también quieres morir —exclamó Yagi, aún con la daga en la mano izquierda; la dirigió con fuerza hacia la espalda del chico.

—¡Suelta eso! —gritó GG, que le soltó una patada en la mano herida a Yagi; el arma salió disparada varios metros.

—Ja, ja, ja, ja. ¡Os voy a matar a todos, os voy a matar a todos! —gritó Yagi, que se reía estruendosamente y gateaba hacia donde había caído la daga.

—Chicos, huyamos ahora que podemos, el fuego se está extendiendo —dijo Town, que veía cómo la sala se llenaba de humo.

Inuya se levantó, pero, antes de salir, miró hacia donde estaba la llave roja que Yagi había colocado para el ritual y la cogió. Atravesó corriendo junto con sus compañeros uno de los pasillos que formaban las estanterías en su camino hacia la salida.

—¡¡¡No vais a ir a ningún lado!!! —gritó Yagi mientras empujaba una estantería para tumbarla y cortarles el paso.

Cuando la estantería cayó, provocó un efecto dominó que hizo que varias más acabaran en el suelo, haciendo que las velas que había sobre ellas cayesen sobre los libros que hacía unos segundos reposaban en los estantes.

Toda la casa comenzó a arder.

«Beeeee», el sonido agónico de la cabra, atrapada bajo una de las estanterías, llegó hasta los oídos de Inuya, que gritó:

—¡Nooooo!

Junto con sus compañeros, había logrado llegar a pocos metros de la puerta de salida. El *youtuber* de boina granate volvió a adentrarse entre las llamas; cuando llegó a la estantería desde donde sonaban los balidos, la agarró para levantarla.

—Vamos, aguanta, te sacaré —dijo Inuya entre dientes, intentando con todas sus fuerzas levantar aquel pesado mueble de madera maciza, sin éxito.

—¡Estáis muertos, estáis muertos, estáis muertos! —gritó Yagi, con una sonrisa demente en la cara y la daga en la mano, al tiempo que se acercaba poco a poco a Inuya, que seguía tratando de liberar a su cabra.

Town y Pepe se dieron cuenta de que estaba ocurriendo algo extraño: ¿por qué Yagi estaba ignorando las llamas que estaban acabando con todo a su alrededor? ¿Acaso había perdido la cabeza? ¿O es que ya no le importaba su vida y solo quería hacerles daño? Fuese como fuese, estaba claro que debían salir inmediatamente de allí si no querían morir a manos de ese tipo. Sin dudarlo ni un momento, Town y Pepe se acercaron a Inuya, obcecado aún con levantar la estantería. Aunque el chico se resistió, consiguieron agarrarle cada uno de un brazo y sacarlo a la fuerza de la casa, donde ya los esperaba GG. Inuya siguió mirando el interior de la casa, que estaba siendo pasto de las llamas. Al principio, aún podían escucharse las amenazas de muerte de Yagi y unos extraños golpes, pero, con el paso de los segundos, pronto se disolvieron entre el crepitar de la madera ardiendo.

11

Esperanza tras la trampilla

El *youtuber* de boina granate aún seguía agarrado por sus compañeros, varios metros alejado del porche de la casa. El fuego lo estaba devorando todo a su paso.

—¿Queréis soltarme de una vez? Tendríais que haberme ayudado a levantar esa estantería, y no arrastrarme hacia fuera —les reprochó Inuya, que, tras forcejear un poco, logró librarse de Town y Pepe.

—Si nos hubiésemos quedado, hubiéramos muerto todos. Yagi venía a por ti con el puñal; ha sido cuestión de un suspiro que el fuego no te atrapase ahí dentro. No podíamos dejarte morir —replicó Town, que intentó calmar a Inuya.

—¿Y la cabra? ¿Su vida no importa? ¿No valía la pena salvarla? —preguntó Inuya, incapaz de contener las lágrimas.

—A veces no se puede salvar a todo el mundo..., y tu vida es más importante que la de un animal... —dijo Pepe, que le puso una mano sobre el hombro—. Y la llave más... —susurró.

En ese preciso instante, se hizo un silencio triple. El primer silencio fue entre los chicos: tras las palabras de Pepe, se quedaron quietos, mirando cómo se consumía aquella estructura de madera donde habían creído encontrar la llave. Detrás de ellos, les llegó el segundo silencio, el de los cientos de establos, de los cientos de animales que no habían dejado de balar hasta ese instante: aquel silencio fue desolador. El tercero era el peor de todos: procedía de la casa en llamas, donde habían muerto un hombre y un animal devorados por un fuego que ya brotaba por todas partes y que elevaba al cielo una gran columna de humo. Aquel era el silencio de los que ya no están.

—Es hora de volver. Ya tenemos las cuatro llaves. Hemos de abrir las cerraduras y volver a casa —dijo Town mirando al grupo.

Nadie se opuso.

El grupo caminó varias horas en diagonal, hacia el suroeste, buscando alguna luz roja en el horizonte que les indicase que su destino estaba cerca. Anduvieron en silencio, ninguno de los cuatro tenía muchas ganas de hablar y lo único que podían oír eran los pasos de ellos mismos pisando en un primer momento la hierba que cubría el camino y, luego, la tierra seca y yerma. Cuando el sol ya se escondía por el horizonte, a lo lejos observaron la brillante luz que tanto anhelaban ver.

—¡Chicos! ¡Ya la veo! ¡Es allí! —dijo GG, emocionado, mientras señalaba el punto rojo.

Al descubrir que solo unos kilómetros los separaban de la posibilidad de volver a su mundo, se sintieron mucho más animados. Incluso Inuya, que había estado durante todo el camino visiblemente afectado, pareció aliviado al pensar que dejaría atrás todo lo ocurrido en aquel lugar y podría recuperar su vida anterior.

Avanzaron rápidamente hasta llegar a la puerta de la casa, de madera oscura como el carbón. Seguía abierta. En cuanto entraron, GG se fijó en las cerraduras que custodiaban el botón rojo con la palabra SALIDA. Las llaves seguían allí.

Se acercaron y GG pidió a Inuya y Pepe que sacaran sus llaves para colocarlas en los huecos que aún seguían vacíos. La llave negra encajó perfectamente en la cerradura de arriba a la izquierda, mientras que la roja hizo lo mismo en la ubicada en la esquina inferior izquierda. Sin embargo, en esta ocasión, tras el clac que indicaba que se había abierto correctamente, también llegó otro sonido parecido desde la carcasa transparente que protegía el botón. Habían logrado desbloquearlo.

—¡Vamooooos! —gritó GG.

Town e Inuya sonrieron al ver que todo lo que les quedaba para regresar a su casa era pulsar el botón y abrir la trampilla. Pepe estaba tras ellos, observando todo lo que ocurría, fingiendo alegría, pero sin saber exactamente cómo ese botón le devolvería al lugar al que pertenecía.

—Lo hemos logrado, chicos..., o, mejor dicho, amigos... Bueno, creo que después de todo lo que hemos vivido os puedo considerar mis amigos —dijo Town, incapaz ya de disimular su alegría.

—Solo queda pulsar el botón —añadió Inuya, tranquilo y sonriente.

—Tengo una idea, pongamos todos la mano encima del pulsador y apretémoslo al mismo tiempo —propuso GG mientras levantaba la tapa.

Los cuatro chicos colocaron la mano encima del pulsador y, tras una cuenta atrás de tres segundos, apretaron con fuerza. El resultado fue instantáneo: la trampilla de madera negra que había en el otro extremo de la casa se levantó de forma violenta, provocando un sonido corto y estridente.

—Lo tenemos —dijo GG, que se acercó a mirar a través del agujero que había revelado la trampilla.

Town, Inuya y Pepe lo siguieron y observaron lo que había ahí abajo.

—No veo nada —dijo Town ante una oscuridad absoluta.

Nadie logró encontrar detalle alguno que les revelara lo que había en el fondo de aquel agujero. Ni siquiera podían intuir su profundidad. Mirasen donde mirasen, todo era oscuridad.

—¿Y ahora qué? —preguntó Town observando aún el hueco que escondía la trampilla.

—Quizá debamos saltar —sugirió Pepe con una falsa seguridad.

—¿Estás loco? Si es muy alto, podríamos matarnos. Además, ¿cómo va a devolvernos a casa este agujero? —replicó Town.

—Cosas más extrañas hemos vivido en este mundo. Puede ser que mientras caemos nos teletransportemos —respondió GG, que intentaba calcular la profundidad de aquel hoyo sin lograrlo.

—Bueno, no es que tengamos mucha alternativa. Si no saltamos, ¿qué hacemos? ¿Nos quedamos aquí hasta que nos muramos de hambre? ¿Seguimos explorando esta tierra? Sé que parece una locura, pero, si tenemos alguna posibilidad de volver a casa, es saltando por aquí —dijo Inuya, sabedor de que no había alternativa.

Town no tuvo argumentos para rebatirle; habían estado días para conseguir esas llaves, y si la trampilla no los devolvía a su mundo, ¿qué lo haría?

Los cuatro se sentaron alrededor del hoyo, dejando colgar sus piernas en el vacío que este creaba.

—¿Qué os parece si nos cogemos de las manos? Así podemos saltar todos a la vez. Si acabamos en algún lugar que no sea nuestra casa, estaremos juntos —propuso Town.

Todos estuvieron de acuerdo. Cada uno agarró con una mano al compañero que tenía a la derecha, y con la otra, al que tenía a su izquierda. En ese momento, mientras Town agarró la mano de Pepe, que estaba a su izquierda, observó que este tenía los pantalones sin ningún rasguño, cosa que le extrañó, pues recordaba que en la fábrica se había roto una de las perneras; sin embargo, cuando fue a preguntarle al respecto, GG inició la cuenta atrás para saltar juntos a la oscuridad que se abría a sus pies.

Así pues, Town se olvidó de esa pregunta al tiempo que sentía un gran escalofrío. No sabía qué iba a pasar. Cerró los ojos. Cuando GG dijo «cero» en voz alta, se lanzó con el resto de sus compañeros a aquel inmenso vacío, con la esperanza de volver a casa.

Nota de los *youtubers*

Sentirte parte de una historia es algo mágico, imaginar cada rincón, sentir cada momento de tensión como si fueses el protagonista, soñar con mundos increíbles llenos de eventos que lo cambiarán todo, y lo más importante, despejar tu mente durante un rato de los problemas y viajar a donde pocos pueden llegar, ese es el objetivo de nuestro libro, y si lo conseguimos, aunque sea un poquito, habrá merecido la pena.

Gracias a todos los que habéis comprado este libro, pues ya sois parte del multiverso del terror.

iTownGamePlay

La vida es como un viaje, lo que hacemos en nuestro pasado acaba marcando indudablemente nuestro futuro. Quién me iba a decir que casi diez años después de escribir un pequeño ensayo para un gran amigo, Hayzen, y que le regalé en Le Suite Café, una cafetería que ya no existe, estaría en pleno 2023 dando los toques finales a este libro que se ha escrito a caballo entre España y el Reino Unido (soy muy viajero, ja, ja).

Pero a su vez, todo esto no sería posible si hace casi más de un año no hubiese conocido a tres personas maravillosas, como son Town, GG y Pepe, al juntarnos para grabar un día en aquel directo especial para sortear una Death Coin, y jugar cada semana juntos y quedar en la vida real para compartir aventuras, en coche y a caballo, en la Albufera de Valencia, las recreativas de Madrid o los Escape Rooms de Barcelona. Es algo increíble.

Obviamente, no voy a desaprovechar la oportunidad de agradecer a mi gran compañera de aventuras, Aru, con la que he recorrido medio mundo, literalmente, y a mis padres porque todo está conectado y, sin la infancia que me dieron, no sería quien soy hoy.

Finalmente, quiero dedicar estas últimas líneas a ti, lector, ya seas suscriptor de alguno de los cuatro canales de YouTube, un aficionado a los libros de misterio o simplemente te haya hecho gracia la portada y estés hojeando el libro. Muchas veces habréis escuchado que sois solo números en un contador de fans, ventas o lo que sea. Yo te puedo decir que no, absolutamente no, tú, de forma individual, eres importante y tu apoyo cuenta y mucho. Gracias por apoyar lo que te gusta y por apoyar una creación tan especial como este libro.

INUYA JUEGA

Este libro es como un pequeño lingote de wolframio, densamente empaquetado con una intrigante historia y momentos tensos que te mantienen entretenido en cada capítulo.

Igual que el wolframio, es rico en valiosos contenidos en un pequeño tamaño, 19 300 kilos de terror por metro cúbico.

GG GAMES

El Team, así empezó todo:

Con una invitación de mi gran amigo Town, formamos un grupo de cuatro *youtubers* con los que grabar videojuegos. Tras varios meses compartiendo momentos épicos y terroríficos, nos conocimos en persona. Así, en Valencia, sugerí la idea de hacer algo juntos, algo más allá de jugar y grabar, más allá de reír y sufrir de terror, ¡escribir un libro!

Como quien no quiere la cosa, varios meses más tarde, aquí estamos, con un libro oficial del que estoy seguro de que muchos jóvenes, y no tan jóvenes, disfrutarán.

Me gustaría dedicar también este agradecimiento a mi mujer, que ha apoyado la idea desde el principio, y forma parte del Team indirectamente.

PEPE «ROBLESDEGRACIA»

Este libro utiliza el tipo Aldus, que toma su nombre
del vanguardista impresor del Renacimiento
italiano, Aldus Manutius. Hermann Zapf
diseñó el tipo Aldus para la imprenta
Stempel en 1954, como una réplica
más ligera y elegante del
popular tipo
Palatino

El multiverso del terror:
atrapados
se acabó de imprimir
un día de primavera de 2023,
en los talleres gráficos de Egedsa
Roís de Corella 12-16, nave 1
Sabadell (Barcelona)